KB116904

그래도, 사랑

그래도, 사랑

울게 될 것을 알지만
언젠가 너로 인해

정현주 에세이

중앙books

차
례

scene 1. **만나고**

설렘이 용기가 되고,
용기가 다시 설렘이 되다

scene 2.

사랑하고

우리가 사랑을 말할 때
이야기하는 것들

scene 3. 헤어지고

이별을 극복하는
소소하지만 도움이 되는 방법들

scene 4. **그리워하고**

사랑을 잊지 못하는 사람들을 위한
마음 다독임

scene 5.

다시 만나다

이별 뒤에 찾아온
더 따듯하고 더 깊고 더 우직한 사랑

그래도, 우리 사랑하길 참 잘했다

마지막 봄일 거라 했습니다.

사랑 때문에 울다가 머리가 아파 응급실에 갔을 때
오늘 밤을 넘기지 못하거나
살아나더라도 걷지 못하거나 말하지 못하거나,
다음 말은 들리지 않았습니다.

1년 뒤 다시 봄
벚꽃길을 걷고 있으니 사람들은 기적이라 했습니다만
진짜인 기적은 가을에 일어났습니다.

어려웠지만 그래도 사랑하길 잘했다고
끝까지 믿은 네가 대견하다고
1년 전 많은 밤 혼자 울던 제게 하고픈 말을 책에 적어냈는데

오래 가자는 약속에 이 책의 구절을 넣었다고
이별하고 울던 날 여기 적힌 몇 줄이 등을 쓸어주는 것 같았다고
다시 사랑을 할 수 있게 되었다고

많은 분이 다정한 말을 저에게 돌려주셨습니다.

고맙습니다.
후회가 될 뻔한 사랑이었는데
웃으며 기억할 추억이 되게 해주셨습니다.
돌아보면 차갑던 손끝이 따뜻해집니다.

이 책을 읽어주셔서 고맙습니다.
이 책을 계속 있게 해주셔서 또
고맙습니다.

2020년 9월
다시, 정현주입니다.

그 사랑은 아팠던가.
기억나지 않습니다.
그 사랑은 즐거웠던가.
그랬습니다.

인간의 뇌는 여러 가지 기억 중에서
고통을 가장 먼저 잊도록
구조화되어 있다고 합니다.
계속해서 살아가라는 뜻이라 들었습니다.
서둘러 고통을 잊고 멈추지 않고 살아가고
또 사랑하도록 말입니다.
그러니 어떻게 사랑을 하지 않을 수 있을까요.

사랑을 두려워하던 시간이 있었습니다.
주춤거리고 물러서고 상대가 보다 분명한 입장을 취하고
확신이 더 또렷해질 때까지
꼼짝 않고 기다리던 날도 있었습니다.
지금에 와서는 어리석었다고 생각하지만
그때는 사랑을 보지 않고
사랑의 가치를 생각하지 않고
내 안의 상처만을 보았던 것 같습니다.
아마 그 시절에 저를 만났던 사람들이라면
'그래도 사랑하라'고 말하고 또 말하는
책 속의 제가 낯설고
어색하게 느껴질지도 모르겠습니다만
어느 날 길고 어둡던 터널이 끝났습니다.
가장 간절했던 생각은
'그래도 사랑하길 잘했다'는 것이었고요.

강한 사람이라는 말을 자주 듣습니다.
비련의 여주인공은 질색입니다.
매일을 즐겁게 살아가기를 바랍니다.
하지만 사는 것이 어디 뜻대로 되어야 말이지요.
조금도 원하지 않았으나 아픈 시간이 찾아왔습니다.
상상도 못한 방식으로 이별이 찾아왔고
마음이 아파서 울다가 몸이 아프게 되었습니다.
덕분에 몸에 지워지지 않을 큰 흔적 하나를 갖게 되었지만
저는 이제 그것을 상처라 부르지 않고 흉터라고 부릅니다.
흉터는 만져도 아프지 않습니다.
사랑의 대가로 겪었던 아픔들도 이제는 그렇습니다.

이 책을 끝내고 무척 즐거웠습니다.
다 괜찮아졌음을 느꼈고
무엇보다도 사랑에 대해
제법 용감해진 나를 발견하였기 때문입니다.

나를 지지 않게 해준,

내 마음의 지지 않은 햇살.

내 사랑하는 모두에게 고마움을 전합니다.

자랑스러운 딸이 되겠다고 해놓고

못나고 못난 모습을 보여버린

제 손을 끝까지 꼭 잡아준 부모님께 특히.

그리고 당신에게도.

2013년 9월 가을의 시작

정현주

scene 1

만나고

설렘이 용기가 되고,

용기가 다시 설렘이 되다

가장 행복한 순간
곁에 있는 사람

동네 친구가 있으면 좋겠다고 흘려 말했었다.
치장하고 나가야 하는 관계 말고
집 앞을 산책하는 기분으로 걸어 나가서
편의점 앞에 나란히 앉아 맥주도 마시고
함께 만화책도 빌려 보는 사이,
어느 날 저녁을 지었는데
생각보다 맛있고 양이 넉넉한 날
"우리 집 와서 밥 먹어."
이렇게 가볍게 말할 수 있는
친구가 있으면 좋겠다고
며칠 전 동료들과 점심을 먹으며 이야기했었다.

매일 저녁 여자는 퇴근 후
학원을 다니며 영어회화를 공부했다.
여자는 여행을 좋아했는데,
처음엔 낯선 풍경을 보는 것만으로도 충분히 즐거웠으나
점점 그 낯선 곳의 사람들이 궁금해졌다.
낯선 땅에서 나고 자란 사람들을 만나
그곳의 문화를 경험하고
생각을 나누는 것이 좋았다.
그들과 소통하는 것이 즐거웠다.

매달 1일.
새로운 클래스가 시작되었다.
7월의 클래스에서 여자는 흥미로운 사람 하나를 발견했다.
자기소개를 할 때 대부분의 사람들은
취업에 필요해서,
승진하기 위해,
업무에 필요해서라고 이유를 말했지만
유독 한 남자만 달랐다.
'다양한 문화를 즐기기 위해서'라고 답했다.
자신과 똑같은 이유를 가진 남자라니,
그날 이후
여자는 남자가 하는 모든 말을 귀 기울여 듣게 되었다.

어느 날 수업이 끝난 뒤
여자는 버스를 기다리다 남자를 보았다.
그들은 서로 목례를 나누고,
같은 버스를 탔다.
남자가 여자에게 어느 동네에 사느냐 물었다.
여자가 대답하자 남자는 같은 동네라며 좋아했다.
두 사람은 버스 한 정거장 사이에 살고 있었다.
"좋네요. 동네 친구가 있었으면 했는데."
남자가 말했다.
마음을 들킨 듯하여 여자는 고개를 숙였다.

이내 내려야 할 곳이 되었다.
인사를 하는 여자에게 남자가 물었다.
"혹시, 혼자 저녁 먹어야 하면 같이 먹지 않을래요?"
두 사람은 소박한 식사를 함께했다.
그동안 여행한 곳에 관해 이야기했고,
꿈꾸는 여행지가 같다는 사실에 즐거워했으며,
자주 다니는 카페가 같은 곳임을 알고 좀 놀랐다.
헤어질 무렵, 남자가 물었다.

"평소에는 뭘 할 때 제일 즐거워요?"
산책할 때라고 여자는 대답했다.
고개를 끄덕이더니 남자는 내일 학원에서 보자며
뚜벅뚜벅 큰 걸음으로 멀어졌다.

집에 돌아온 여자는 청소를 했다.
왠지 모르는 이유로 저절로 그러게 되었다.
깨끗해진 집을 보며 웃고 있을 때,
문자메시지가 왔다.
그 남자였다.
집 근처 공원을 찍은 사진 아래,
단 한 줄 이렇게 적혀 있었다.

"비 그치면 우리 산책할래요?"
짧지만 여자를 오래 웃게 하는 문장이었다.

앤 패디먼의 『서재 결혼 시키기』는 애서가인 남자와 여자가 결혼을 한 뒤에 생기는 에피소드를 담은 책이에요. 책은 이런 말로 시작합니다.

> 몇 달 전 남편과 나는 드디어 책을 한데 섞기로 결정했다.
> 우리는 안 지 10년,
> 함께 산 지 6년,
> 결혼한 지 5년 된 사이였다.

두 개의 서재를 하나로 합치는 데 그들은 전쟁 수준의 과정을 거쳐야 했어요. 책을 분류하고 정리하는 방식도 달랐고, 겹치는 책도 많아서 누구 것을 간직할지 결정을 해야 했으니까요. 두 사람은 종종 충돌했지만 합의를 도출했고, 마침내 서재를 하나로 통합했습니다. 책의 첫 번째 챕터는 이런 문장으로 끝이 납니다.

> 이렇게 나의 책과 그의 책은 우리의 책이 되었다.
> 우리는 진정으로 결혼을 한 것이다.

서재를 하나로 합치면서 두 사람의 세계는 더 깊이 교류하기 시작합니다. 남편은 아내의 책을, 아내는 남편의 책을 읽기 시작한 거죠. 관심 분야가 확장되었을 뿐만 아니라 서로에 대한 이해도 깊어졌습니다. 아내는 남극탐험에 대한 책을 갖고 있었고, 남편은 열대지방에 관한 컬렉션을 갖고 있었죠. 서재를 합친 덕분에 그들은 더 넓은 세상을 알게 됐어요. 더불어 책에 그어진 밑줄과 메모를 보면서 그동안 몰랐던 상대의 생각, 그 역사까지도 알게 됐죠. 그리고 대화가 이어졌어요. 저는 이 결혼이 무척 아름답다고 느꼈습니다.

저에게는 무척 행복한 결혼생활을 하는 친구가 있어요. 스페인 여행 중에 지금의 남편을 만났죠. 어느 날 저에게 그녀가 멋진 조언을 해주었습니다.
"자신이 가장 좋아하고 행복해 하는 일, 그 일을 하는 중에 만난 사람과 결혼을 하는 것이 좋다고 생각해요. 여행을 좋아하는 제가 길 위에서 만난 여행을 좋아하는 남자와 결혼을 한 것처럼 말이에요. 우리는 시간이 나면 떠날 궁리를 하는데 그 시간이 무척 즐거워요. 여행 스타일도 비슷하고요. 내가 행복한 순간, 그 사람도 행복하다는 건 아주 중요한 거예요."
공감되는 말이었습니다.

『서재 결혼시키기』의 부부도 그랬어요.
지은이인 앤 패디먼. 그녀의 아버지는 출판사를 했고 어머니는 기자로 여러 권의 책을 썼죠. 책으로 가득한 집에서 자라나서 그녀 역시 편집자가 되었습니다. 남편은 조지 하우콜트. 시인으로 책에 대한 열정이 아내 못지않았죠. 책 읽는 시간이 가장 행복한 두 사람이 만나 책 속에서 '우리가 정말 함께하는구나, 결혼했구나' 느꼈다니 아름답지 않나요.

그러니
가장 행복한 순간,
곁을 잘 보세요.

거기 평생을 함께할
좋은 사람이
웃고 있을지도
모르니까.

인연은
등 뒤에 있다

여자는 오늘,

그 사람에게 자신의 집을 알려주었다.
오래 동료로 지내다가
이제 막 두근거리는 사이가 된 참이었다.

본래 운전에 능숙했던 남자였는데
오늘은 서툴러서 꼭 초보인 것 같았다.
차선 변경을 제대로 못 해서
옆 차선의 차들이 경적을 울려대고,
후진을 하다가 벽을 스치기도 했다.
당황하는 남자의 모습이 낯설어서
여자는 자꾸 그의 옆모습을 바라보았다.

겨우 집 앞에 도착했을 때
남자는 목이 마르다며 커피를 한 잔 사달라고 했다.
커피를 아껴 마시며
그는 차창 밖에 있는 여자의 집을 올려다보다가
자신의 어릴 적 추억을 꺼내었다.

일곱 살 때 집을 잃어버렸던 이야기.

"이사를 하던 날이었어요.
어머니가 집 정리하느라 바쁘니까
라면을 끓여 먹자면서
집 앞에 있는 가게에 가서 라면 몇 개를 사 오라고 하셨죠.
근데 라면을 사 들고 돌아서니까
우리 집이 어디인지 알 수가 없는 거예요.
방금 이사를 했으니 그럴 수도 있었죠.
좀 헤매다 보니 방향감각을 완전히 잃었어요.
할 수 없이 지나가는 사람들에게 물어봤죠.
우리 집이 어딘지 아냐고,
혹시 우리 집을 모르냐고.
길 가는 사람들이 알 리가 없잖아요.
한참을 헤매고 있는데 어머니가 나타났어요.
골목 끝에서 어머니 목소리가 들려오자
나는 창피한 줄도 모르고 주저앉아 엉엉 울었어요.
알고 보니까 우리 집은 바로 옆 골목에 있더라고요.
바로 앞에 두고 멀리서 찾았지 뭐예요."

이야기를 끝내고 그는 여자를 보며 웃었다.
남자와 헤어져 돌아와 잠자리에 들 때까지
자꾸만 남자의 미소가 생각났다.
'어쩌면 같은 마음이었는지도 모르겠다.
그렇다면 참 좋겠네.'
여자는 가만히 웃었다.

고개를 돌려보면
바로 거기 그 사람이 있었는데
멀리까지 가서 참 오래 헤맸다.
사랑을 찾아 멀리까지 갔었다.

바로 앞에 나를 보고 웃는,

참 따뜻한
사람이 있었는데.

영화 〈온리 유〉는 질문하고 있습니다.
운명이란 미리 정해져 있는 것일까? 혹 우리가 선택하고 믿는 것이 그대로 운명이 되는 것은 아닌가, 하고 말이죠.
영화의 주인공 헤이스는 어려서부터 '내 운명의 짝은 누구인가'에 관해 관심이 많았습니다. 궁금한 나머지 11세 생일에 점을 쳐보았는데 '너의 짝은 데이먼 브래들리'라는 답을 들었죠. 하지만 그녀는 어느새 잊고 전혀 다른 이름을 가진 남자와 결혼을 하려고 합니다.
그러다 드레스를 가봉하던 날이었어요. 집으로 전화 한 통이 걸려왔는데 데이먼 브래들리라고 했습니다. 헤이스의 오빠 친구라면서 지금 이탈리아로 출장을 떠나는 참이라고 했죠. 헤이스는 웨딩드레스를 입은 채 공항으로 달려갔습니다. 로마까지 날아가서 헤이스는 한 남자를 만납니다. 로버트 다우니 주니어가 그 역할을 맡았는데 헤이스의 이야기를 듣고 그는 자신이 '데이먼 브래들리'라고 말합니다. 정말 운명이었냐고요? 아니었어요. 그는 헤이스가 마음에 들어서 거짓말을 했던 것이었죠. 남자는 정중히 사과를 하고 운명의 남자를 찾는 일을 돕기로 합니다. 결론은 예상한 대로예요. 둘이 사랑에 빠졌죠. 어쨌거나 영화는 해피엔딩이었습니다. 멀리까지 가서 한참을 찾았지만 운명의 상대는 바로 옆에 이미 있었다는 이야기.

운명에 관해 우리가 주목해야 할 또 다른 스토리로 '빨간 끈의 인연 이야기'가 있습니다. 이미 익숙해진 전설이지요. 보통의 인연은 하얀 끈으로, 하늘이 맺어준 특별한 인연은 빨간 끈으로 이어져 있다고 하죠. 흔히 알려진 것은 여기까지입니다.
그런데 제가 주목하는 것은 조금 다른 부분입니다. '빨간 끈은 아주 길다'는 사실이죠. 몹시 길어서 그 끝에 누가 있는지 금방 찾을 수는 없다고 합니다. 멀리까지 가서 헤매야 등 뒤의 끈이 팽팽하게 당겨오고 그런 후에 뒤를 돌아보면 거기 오래 찾아 헤매던 자신의 짝이 서 있다는 겁니다. '멀리까지 가기도 하고, 또 오래 헤매야 알 수 있으나, 사실은 바로 옆에 있다'는 것이지요.
인연은 이미 옆에 있습니다. 바로 등 뒤에 말이에요. 그렇다고 해서 찾지 못하고 오래 방황하는 자신을 탓할 필요는 없어요. 모두가 다 보물을 찾아가는 즐거운 과정이고, 스스로 보물이 되는 시간인 것이니까요.

인연의 빨간 끈은 아주 길어요.

몹시 길어서 그 끝에 누가 있는지 금방 찾을 수는 없죠.

어쩌면 사실 바로 옆에 있는 사람인데

멀리까지 가기도 하고, 또 오래 헤매야 할지도 몰라요.

LOVE
N
W
E

사랑은 어려운 말로
시작되지 않는다

아직은 바람이 차갑던 3월 14일의 저녁.
길 위엔 사탕 바구니가 가득했다.
남자는 그 길을 걸으며 한 여자를 생각했다.
그에게 언제나 친절했던 여자.
그녀 때문에 그의 마음이 들뜨는 날도 있었지만
여자는 남자뿐만 아니라
모두에게 상냥한 사람이었으니
어쩌면 그것은 몸에 밴 친절일 뿐인지도 몰랐다.
친절을 믿고 함부로 움직일 수 없었다.

한 달 전인 2월 14일.
여자가 그에게 초콜릿을 건넸다.
남자는 자꾸 웃음이 나는 것을 감출 수 없었다.
하지만 그 행복은 오래가지 않았다.
잠시 후 알게 되었기 때문이다.
사무실에 있는 모든 직원이 그날 여자에게 초콜릿을 받았다.

남자는 혼자 질문했다.
'그녀에게 나는 어떤 존재일까.'
일을 하다가 고개를 들면 눈이 마주칠 때가 많았다.
때마다 여자는 환하게 웃어 보였지만
남자에겐 그걸로 충분하지 않았다.
그녀에게 특별한 존재가 되는 것은 어떻게 해야 가능할까.
어디서부터 어떻게 시작해야 하는 것인지
도무지 답을 알 수 없었다.

한참을 혼자 생각에 빠져 걷던 남자는
스산한 기분에 어깨를 움츠리다가
사무실에 머플러를 두고 왔음을 알았다.

되돌아가보니 여자가 혼자 일하고 있었다.
머플러를 챙겨 들고 나오는데 그녀가 물었다.
"저녁은 먹었나요?"
둘은 자연스럽게 함께 저녁을 먹게 되었다.
"그러고 보니 화이트데이네요"라고 하더니
여자는 말했다.

"어느 책에서 본 건데
사랑은 고백에서 시작하는 것이 아니래요.
밥 먹었어요?
나랑 차 마실래요?
이런 간단한 말로 시작하는 거래요."

그제야 남자는 답을 찾았다.

그는 식당을 나오며 말했다.
"우리, 커피 마실래요?"
여자는 웃으며 대답했다.
"기다리던 말이네요."

그리하여
오래 엇갈리던 두 마음이 마침내 서로를 마주 보게 되었다.

그날 밤
하늘의 눈썹 모양 달은
환하게 웃는 여자의 눈을 닮아 있었다.

더스틴 호프먼이 감독을 한 영화 〈콰르텟〉은 은퇴한 음악가들이 모여 있는 영국의 비첨하우스를 배경으로 하고 있습니다. 세계를 누비며 공연하던 전설의 성악가들이 모여 있죠. 하지만 화려했던 것은 다 지나간 이야기일 뿐이었습니다. 그들은 나이 들고 병들었으며 가난해지기도 했죠. 그런 가운데도 로맨스는 펼쳐지는데 재미난 것은 어르신들의 연애는 젊은이들의 것보다 한결 심플하고 솔직한 방식으로 진행된다는 점이었습니다.

주인공 레지는 사랑했지만 아픔으로 남았던 여인, 진을 비첨하우스에서 다시 만났습니다. 오래전 둘은 결혼을 했는데 결혼식 다음 날 진이 샴페인을 너무 많이 마시고 다른 오페라 가수와 바람을 피우는 바람에 헤어지고 말았어요. 자존심이 강했고, 결벽증을 가진 레지는 깊이 상처를 받았습니다. 평생 진을 피해 다녔지만 운명은 그들을 삶의 마지막에 다시 만나게 했어요.

시간은 그들에게 솔직해지는 용기와 담백해지는 지혜를 가르쳐주었습니다. 공연 준비를 함께하면서 두 사람은 아직도 서로를 소중하게 여기고 있다는 걸 느끼게 돼요. 이런 둘의 마음을 눈치챈 친구가 진에게 사과하고 이제라도 다시 시작해보라고 말합니다. 진은 괴로워하며 너무 늦었다고 대답합니다. 하지만 우연히 그녀의 고뇌하는 한마디를 듣게 된 레지는 혼자 이렇게 말했습니다.

"아니, 사랑하는 데 너무 늦은 것은 없어."

그날 저녁, 진과 레지는 함께 공연을 했습니다. 무대 인사를 나갔을 때 관객 모두가 일어나 박수를 쳐주었죠. 뜨거운 함성 속에서 레지는 옆에 서 있는 진에게 말했습니다.

"우리 결혼하자."

진은 레지의 손을 꼭 잡았어요.

긴말은 필요 없었습니다. 진심은 단 몇 마디로도 전달됩니다.

언젠가 정말 많이 보고 싶던 사람에게 어떤 말로 이 깊은 감정을 전할까 고민해본 적이 있어요. 하지만 보고 싶다는 말밖에는 생각나지 않았습니다. 다른 수식어는 필요 없었어요. 사랑이 벅차오를 때 입에서 터져 나오는 말 역시 그랬습니다. "사랑해"로 충분했습니다. 감정을 풀어 설명하는 어떤 말도 필요 없었어요.
문제에 대한 가장 좋은 해결책들은 대개 아주 심플합니다. 좋은 사랑 또한 그렇다고 믿어요. 너무 많은 생각은 사랑을 망칠 뿐이에요. 사랑은 생각이 아니라 행동 속에서 커가는 것 아닐까요. 사랑에 답이 어디 있겠어요. 선택이 있을 뿐.

영화 〈비포 선라이즈〉에서 셀린느가 말했죠.

"신은 너와 나 사이에 있어."

사랑 또한 그렇습니다.
둘이 만들어가는 것인데 홀로 상대의 마음을 예측하며 두려움을 키워가잖아요. 용기를 낸다면 헛된 고민으로 흘려보낼 시간에 함께 사랑을 할 수도 있을 텐데 말이에요.

좋은 사랑은 복잡한 말로 시작되지 않습니다.
복잡한 방식으로 오지 않습니다.

사랑 앞에서
심플해지는 지혜와 편안해지는 용기가
함께하길 바라요.

그냥 아는 사람이 특별한 사람이 되는 순간

남자는 오늘 지하철 안에서 그녀를 보았다.

처음 본 것은 5년 전 대학 캠퍼스.

몇몇 수업을 같이 들었다.

어느 날, 시험을 앞두고

여자가 남자에게 노트를 빌려달라고 했었다.

전공이 달라서

같이 수업을 듣는 친구가 없다고 했다.

다음 날 여자는 노트와 함께 작은 선물을 내밀었다.

보답으로 남자가 커피를 샀고

둘은 이야기를 나누었다.

긴 시간을 함께한 것은 아니었지만
오래 기억에 남는 사람이었다.

학기를 끝내고 남자는 군대에 갔다.
이상하게도 가끔 그녀가 생각났다.
하늘이 맑은 날엔 유난히 그랬지만
연락할 방법을 몰랐다.

돌아와 보니 학교에 그녀는 없었다.
아마 이미 졸업을 하고 직장인이 되었을 것이다.
애를 쓰면 연락처를 알아낼 수도 있었겠지만
느닷없이 전화를 걸어 무슨 말을 하면 좋을지 알 수 없었다.

시간은 흘렀고 기억은 흐려졌다.
그렇게 과거완료형이 되어버린 인연인 줄 알았는데
오늘 남자는 지하철 안에서 그녀를 보았다.
다가갈 사이도 없이 여자가 내렸다.
아주 조금의 망설임도 없이 남자 또한 내렸다.

생각 같은 건 들지 않았다.
몸이 먼저 움직였다.

성큼성큼 커다란 걸음으로 다가가 인사를 건넸다.
놀랍게도 여자는 단번에 남자를 알아보았다.

"잘 지냈나요? 오랜만이네요."

형식적인 안부가 오고 간 뒤,
인사를 나누고 돌아서려 할 때
남자가 물었다.

"집까지 바래다줘도 될까요?"

여자는 작게 웃었다.
지하철역에서 집까지는 제법 거리가 있었다.
덕분에 두 사람은 꽤 오래 함께 걸으며
이야기를 나눌 수 있었다.

마침내 여자의 집 앞.

인사를 나누고 돌아설 때 여자가 말했다.
"여기서 마을버스를 타면 돼요.
지하철역까지 갈 거면요."

남자는 물었다.
"그럼 왜 아까 마을버스를 타지 않았어요?"

여자는 대답했다.
"같이 조금 더 오래 이야기를 나누고 싶었으니까요."
답을 뻔히 알면서도 질문을 하고,
원하던 바로 그 답을 들었을 때 느껴지는 행복이 있다.

자신을 둘러싼 공기가 따뜻해지는 것을 느끼며
남자는 말했다.

“내일 저녁 7시.
아까 그 지하철역 입구에서 만나요.
듣고 싶은 이야기가 많으니까.”

산책하기 알맞은 날이면 좋겠다고,
여자는 그들의 내일에 대해 말했다.

남자는 웃으면서 돌아섰다.

전화번호는 묻지 않았다.

반드시 만날 것을 아는 사람에게
열한 자리 숫자 같은 것은 중요하지 않다.

다시 만날 때까지는 스물두 시간 남았다.

1시간이 하루처럼 느껴지겠지만

기다림은 분명 즐겁고 고마울 것이다.

벌써부터 웃음이 났다.

'사랑을 어떻게 시작할까'에 관해서 가장 명쾌한 해답을 주는 영화로 저는 장진 감독의 〈아는 여자〉를 꼽습니다. 주인공 동치성. 한때는 잘 나가던 야구선수였지만 현재의 삶은 엉망진창입니다. 2군으로 밀려났고, 애인에게도 차였는데, 심지어 3개월 시한부 선고까지 받았으니 당연히 방황할 수밖에요. 그는 본래 소심한 남자였는데 이제 막 살아버리기로 한 것 같습니다. 은행에 강도가 들었는데도 겁먹지 않고 맞서 싸웠으니까요.

그 과정에서 동치성이 강도에게 물었습니다.

"사랑이 뭐냐?"

강도는 대답합니다.

"저요, 사랑에 대해서 잘 몰라요. 근데 사랑하면요, 그냥 사랑 아닙니까. 무슨 사랑, 어떤 사랑, 뭐 그런 거 어디 있나요. 그냥 사랑하면 사랑하는 거죠."

영화엔 이런 말도 있었죠.

"사랑이 뭐 있어? 이름이 뭐냐고 묻고, 나이가 어떻게 되냐고 묻고, 어디 사느냐고 묻고, 뭐 좋아하느냐고 묻고, 그렇게 시작하는 게 사랑이지."

바보 같은 남자 동치성은 영화 내내 방황합니다. 그런 그를 하염없이 바라보고 응원하며 아껴주는 여자가 있었죠. 이름은 한이연. 두 사람은 같은 골목에 오래 살았고, 한이연은 아주 어릴 때부터 동치성을 좋아해왔습니다만 동치성은 그녀의 존재조차 몰랐어요. 어느 날 둘이 같이 있는 걸 보고 친구가 누구냐고 물었을 때 동치성은 '그냥 아는 여자'라고 대답했습니다. 아무리 마음이 깊어도 관계가 얽히지 않으면 '그냥 아는 사람'에 머물고 마는 것입니다. 다가가서 말을 걸어야 해요. 바보같이 빙빙 돌면서 자신의 마음을 몰라 헤매었지만 죽음의 코앞까지 다녀온 덕분에 동치성은 사랑을 시작할 용기를 갖게 되었습니다.

이 영화의 마지막 장면을 저는 참 좋아합니다.

둘이 나란히 골목을 걸었어요. 동치성이 한이연에게 물었죠.

"좋아하는 음식이?"

"사발면."

"혈액형이…… O형?"

"아, B형…… 성격이……."

"성격이 좋죠?"

둘은 마주 보고 웃었고 이렇게 해서 겁쟁이 동치성에게는 마침내 첫사랑이 생겼습니다. 미래도 생겼고요.

'사랑이 뭐 별것인가요. 이름 묻고, 전화번호 묻고, 그날 저녁에 전화하고, 그러다가 정이 들면 사랑이지.'

사랑 앞에서 머리가 복잡해질 때면 저는 그 대사를 떠올려보곤 합니다. 간결한 것이 더 좋은 답이다. 간결한 것이 아름답다고 저는 믿고 있어요.

많은 것들에 대해서도 그렇지만, 특히 사랑에 대해서는 더더욱.

우정을 잃을까 봐
사랑을 감췄다면

두 사람은 1년 만에 만났다.

며칠 전은 여자의 생일이었다.

남자와 여자는 대학 동창이었다.

학창시절에는 늘 붙어 다녔지만

요즘에 와서는 1년에 한두 번 만나는 사이였다.

서로 전화통화도 별로 없었지만

여전히 좋은 친구라고

여자는 남자에 대해 생각하고 있었다.

해마다 생일이면 남자에게서 연락이 왔다.
맛있는 밥을 사주고,
꽃을 선물하기도 했다.
올해는 작고 아담한 가게에서 함께 와인을 나눠 마셨다.

"둘이 무슨 사이예요?"

나이가 들었지만 소녀 같은 얼굴을 한
와인 가게 여주인이 다가와 물었다.
둘은 그저 웃을 뿐이었고,
와인 가게 여주인은
"둘이 참 어울린다"고 했다.

둘 사이에 어색함이 감돌았다.

잠시 침묵 속에 있다가
남자가 불쑥
사실은 대학교 입학식 날부터 좋아했었다고 말했다.
말을 하지 그랬냐며 여자는 농담인 듯 웃었으나
남자는 제법 진지한 얼굴로 말했다.
와인을 마신 탓인 것 같았다.

"난 내가 할 수 있는 일이면 뭐든 했어.
너를 좋아하는 남자로서 할 수 있는 일 말이야.
네가 부르면 어디든 갔고,
네가 '이런 남자가 좋아'라고 말하면
그런 사람이 되기 위해 노력했어.
하지만 너에게는 오래된 남자친구가 있었고.
그래서……."

그 시절의 남자친구와는 지난해 헤어졌다.
여자는 웃으며 말했다.

"실은 스물한 살 여름방학 때,
이상하게 네 생각이 많이 났었어.
매일 붙어 다니다가 자주 못 봐서 그런가 싶었지.
용기를 내서 전화를 했는데
네가 시큰둥한 목소리로 '왜?' 하고 퉁명스럽게 말하는 거야.
나는 며칠을 고민하다가 전화를 한 것이었는데 말이야.
그래서 그날 마음을 접었지."

여자는 남자가 다른 말을 하기 전에
서둘러 건배를 청하며 말했다.

"이제 와서는 다 소용없는 이야기지만."

그 하나의 문장으로 여자는
두 사람의 관계를 부지런히 평행선으로 돌려놓았으나
남자는 또 말했다.

"그날 아직도 기억해.
반가워서 오히려 어색했어.
마음을 들킬까봐 괜히 뻣뻣했지.
네가 한 번만 손을 내밀어주었다면
난 너에게 고백했을 거야."

여자는 다시 얼른 화제를 돌렸다.
복잡해지고 싶지 않았다.

그러나 집으로 돌아오는 길,
어쩔 수 없이 마음이 어지러워졌다.
마음을 꺼내 말해버렸다.
있었던 일은 없었던 것이 되지 않는다.

농담처럼 스친 진심은
이제 두 사람을 어디로 데려갈까.

침대 옆 스탠드의 불을 끄며 여자는 생각했다.

'그렇게 될 일은 기어이 그렇게 되고
그렇게 되지 않을 일은 기어이 그렇게 되지 않으니
복잡해하지 말자.'

그러나 잠은 쉽게 오지 않았다.
오늘따라 창밖의 가로등이 너무 밝아서라고
스스로에게 변명했지만

마음은
쉽게
속지 않았다.

영화 〈피스트 오브 러브〉는 할리우드의 유명한 시나리오 작가이자 연출가인 로버트 벤트 감독의 작품이에요. 사랑에 대한 그만의 성찰을 잘 담고 있죠.
미국 오리건 주 작은 마을을 배경으로 여러 가지 사랑의 에피소드가 생겨납니다. 모건 프리먼이 그들의 사랑을 관찰하는 대학교수 해리 역을 맡았죠. 사건의 중심에는 카페 주인 브래들리가 있었어요. 늘 바보 같은 사랑을 하는 남자였죠. 아내에게 버림받고, 재혼을 하려다가 사기를 당하고 엉망진창이에요. 지치고 혼란스러운 얼굴로 브래들리가 해리에게 물었습니다.
"교수님은 제가 아는 사람 중에서 가장 행복하고 아름다운 결혼생활을 하고 계신 분이에요. 그것도 아주 오래요. 도대체 비결이 뭐죠?"
모건 프리먼이 했던 답이 오래 기억에 남았습니다.
그는 담담하고 인자한 얼굴로 말했어요.
"나는 나의 가장 친한 친구와 결혼을 했다네."
많은 사람들이 우정이냐 사랑이냐의 기로에서 고민하는 것을 봅니다. 사랑을 고백했다가 우정마저 잃으면 어쩌냐는 거죠. 저는 그 질문이 좀 이상해요. 남녀 간의 우정이란 아무리 깊은 것이라고 해도 한쪽이 결혼을 하면 멀어지고 맙니다. 거의 대부분이 그래요. 어렵게 우정을 유지한다고 해도 1년에 한두 번 만나는 것이 고작이죠. 지금과 같은 우정을 유지할 수 없다는 이야기예요. 어차피 잃게 될 텐데 '잃어버릴까봐 두려워서' 사랑을 감춘다는 것은 이해할 수 없는 선택입니다.

좋은 우정을 유지하고 있지만, 그 사람을 다른 이성에게 주기 싫고, 만나면 떨리고, 손잡고 길을 걷고 싶고, 오래 함께 있고 싶다면 고백을 하라고 말하고 싶어요. 용기를 내세요. '가장 친한 친구와 결혼을 했더니 오래오래 깊이 서로를 이해하며 행복하다'는 해리 교수가 부럽지 않나요?
흐름에 맡기는 것도 현명한 방법이지만 나중이 되면 너무 늦을지도 모르죠. 가장 솔직한 자신을 만나고, 만약 이것이 사랑이다 싶으면 용기를 내면 좋겠어요.

마음을 말해보세요.
고백을 하세요.
그러지 않으면 지금이 아니라도 언젠가는 잃게 될 거니까.

더 좋은 사람이 되고 싶게 하는, 그런 사랑

여자는 편의점에서 아르바이트를 하고 있었다.
남자는 매일 비슷한 시간에 찾아와
하얀 우유와 생수 한 병을 사서 돌아갔다.
어떤 날은 무척 고단한 기색이었고
어떤 날은 어깨가 무거워보였지만
대개의 날들은 밝은 표정이었는데
어느 쪽이든 구두는 언제나
깔끔하게 반짝거려 느낌이 좋았다.
그가 문을 열고 들어올 때는
겨울의 맑은 공기가 함께 묻어왔다.

늦은 시간까지 편의점을 지키고 있으면
눈이 뻑뻑하도록 건조했는데
그 사람이 문을 열면 촉촉한 공기가 쏟아져 들어왔고,
계산을 하고 돌아설 때는 깨끗한 비누 냄새가 밀려와
잠시나마 웃을 수 있었다.

어느새 여자는 남자를 기다리게 되었다.
하지만 더 이상의 무엇도 없었다.

어느 날 늦은 퇴근길.
남자가 편의점에 들렀다.
역시 같은 물, 같은 우유다.
여자가 계산을 하자, 그가 지폐를 내민다.
항상 깨끗한 새 지폐인 것을 보면
어쩌면 은행에 다니는지도 모르겠다.
와이셔츠와 양복,
손이 언제나 단정하고 깔끔한 것을 보면
정말 그런지도 모르겠다.
여자가 거스름돈을 거슬러 주면

남자는 "안녕히 계세요"라는
짧은 인사를 남기고 사라진다.
몸이 여윈 남자들이 흔히 그렇듯
낮고 울림이 있는 목소리다.

편의점 유리문이 열렸다가 닫히면
여자의 하루도 열렸다가 닫히는 기분이다.

하지만 더 이상 무엇이 있을 수 있을까.
향기가 좋은 샴푸로 머리를 감고
깨끗한 손을 유지하며
조금 더 자주 거울을 보다가
그가 계산대 앞에 서면 애써 용기를 내서
눈을 마주치며 웃어 보이는 것밖에는.

그런데 그날 남자가 여자에게 CD 한 장을 주고 갔다.
"노래가 좋던데요. 손님 없어서 심심할 때 들어보세요."
뒷면을 보니 12곡의 노래 제목이 나란히 줄을 서 있고,
그중 하나에 빨간 줄이 그어져 있었다.

〈내가 말한 적 없나요〉라는 제목의 노래였다.
플레이 버튼을 누르자 다정한 가사가 흘러 나왔다.

'눈이 무척 따뜻하다고 내가 말한 적 없나요.
웃는 얼굴이 참 좋다고 내가 말한 적 없나요.
만날 라면만 사가시냐며 걱정해주던 그날에
모든 게 시작됐다고 내가 말한 적 없나요.'

노래가 끝났을 때
여자는 자신이 웃고 있다는 것을 알았다.
한 번 더 같은 노래를 들었다.

음악이 흐르자
주변의 공기에서 남자의 비누 냄새가 났다.

영화 〈타이페이 카페 스토리〉는 두얼과 창얼이라는 자매가 운영하는 작고 사랑스러운 카페를 배경으로 하고 있습니다. 세상의 아주 많은 카페들 속에 무언가 구별되는 특징을 갖고 싶었던 자매는 카페의 콘셉트를 '물물교환'으로 잡았죠. 사람들은 자신이 쓰지 않는 물건들을 가지고 왔고, 자매는 그것을 진열했어요.
커피와 물건, 물건과 물건만이 교환되는 것은 아니었습니다. 악보와 노래 한 곡이 교환되기도 했고, 열쇠고리와 창얼이 만들어낸 스토리가 교환되기도 했어요.
자매의 카페에 매일 찾아오는 남자 손님이 하나 있었어요. 온 세상의 비누를 내놓았는데 갈라파고스라든가 파타고니아처럼 이름도 아련한 나라에서 온 것이라 했습니다. 남자는 비누를 누군가의 연애편지와 바꾸고 싶어 했습니다만 물물교환을 위해 편지를 내놓는 사람은 아무도 없었어요. 남자는 기다리겠다고 했습니다. 기다리는 동안 매일 이야기를 들려주었어요. 비누 하나에 이야기 하나. 신화나 전설처럼 신비로워서, 그림을 전공한 언니 두얼은 남자의 스토리를 그림엽서로 만들었어요. 마주 앉아 이야기하고 듣고 함께 웃는 시간이 쌓여 사랑이 되었습니다. 결국 두얼의 그림엽서가 그 자체로 러브레터가 되었죠.

알고 보니 남자는 파일럿이었어요. 머무는 적이 없는 삶을 살아왔다 했는데 두얼은 반대였습니다. 언제나 거기 머무는 사람이었고 정해진 틀을 벗어나지 않는 모범적인 사람이었거든요. 하지만 함께하는 시간을 통해 두 사람은 서로의 인생을 공유했고 달라졌습니다. 남자는 두얼에게 커피 만드는 법을 배웠고 두얼은 남자를 통해 여행의 행복을 알았습니다. 두얼은 긴 여행을 떠났고 남자는 카페에 남아 커피를 만들며 여자를 기다렸습니다.

그 사람의 이야기가 나에게 와서 아름다운 그림이 되고, 나의 그림이 그 사람에게로 가서 미래의 지도가 된다는 것은 얼마나 로맨틱한 일인가요.

마음을 열고 또 다른 우주를 만나게 되길 빌어요. 마주 보기 전에는 알지 못했고 엄두조차 내지 못했던 새로운 세상을 알게 되기를. 상대와 나눌 더 좋은 이야기를 만들기 위하여 하루가 더 부지런해지기를.

그리하여 영화 〈이보다 더 좋을 순 없다〉의 멜빈처럼 되기를.

'당신은 나를 더 좋은 사람이 되고 싶게 해.'

마음을 열고

또 다른 우주를

만나게 되길 빌어요.

마주 보기 전에는 알지 못했고

엄두조차 내지 못했던

새로운 세상을 알게 되기를.

사랑하는 사람들은 공명한다

'대체 사랑이란 어디에 있는 것일까.'
여자는 오늘, 그 답을 찾았다.
본래 욕심이 적은 여자였다.
제법 괜찮은 인생을 살고 있다고 생각했다.

미쳤다는 말을 들을 만큼 일에 빠져도 보았고
이제는 좀 한자리에 머물며 쉬자 할 만큼
충분히 여행하던 시절도 있었다.
생일 즈음에는 한 달 내내 축하 파티가 이어졌고
우는 날도 있었으나 웃는 날이 훨씬 많았다.
무엇보다도 가족은 늘 여자의 편이었으니
'이걸로 충분하다' 하고 여자는 자주 말했다.

더 이상 바라는 것이 있다면 오직 하나.
사랑하는 사람 곁에서 잠이 드는 일이었으나
그것만은 뜻대로 되지 않았다.

사랑은 자꾸 여자를 떠났고 돌아오지 않았다.
반복되는 이별 속에서 여자는 마음을 접었다.
다 허락되었으나, 사랑만은 허락되지 않은 것이
자신의 인생인지도 모르겠다 생각하고 내려놓으니
한결 편안해지기도 했다.

그때 한 사람이 나타났다.
사랑했지만 그 역시 자주 떠났다.
바쁜 남자였다.
다른 것이 있다면 떠났으나 반드시 돌아왔다는 점이다.
돌아올 것을 알기 때문에 기다림은 불안하지 않았다.
보고픔도 아프지 않았다.
그저 믿고 있으면 남자가 돌아와
여자의 길어진 머리칼을 쓸어 넘겨주었다.

오늘 퇴근길.
여자는 먼 나라에 가 있는 남자가 그리워
가만히 마음을 남자에게로 향해 보냈다.
그리고 잠시 후.
놀랍게도 전화가 걸려왔다.
갑자기 보고 싶어서라는 남자의 말에 여자는 웃었다.

돌아와 여자는 일기에 적었다.

'이제 나에게 사랑이란,
보고 싶으면 달려가서 끌어안는 것이 아니다.
있는 자리에서 그 사람을 느끼면 되는 것이다.'

덧붙여 이렇게 적었다.

'알 것 같다.
사랑이란 피부에 있는 것이 아니고,
공기 중에 있는 것이다.

그를 생각하면
나를 둘러싼 공기가 따뜻해진다.'

『무탄트 메시지』는 미국의 예방의학자인 말로 모건이 호주의 원주민 참사랑 부족을 만나 겪은 바를 적은 책입니다. 참사랑 부족은 문명을 거부하고 자연의 방식대로 살고 있습니다. '신이 최초로 창조한 사람들'이라고 불리고 있죠. 참사랑 부족은 문명인들을 '무탄트' 즉 돌연변이라고 불렀습니다. 자연에서 태어났으면서 신과 자연의 방식으로 살지 않고 가공의 방식으로 살고 있으니 돌연변이라는 것입니다. 어머니 자연의 힘으로 태어났으면서 자연을 파괴하고 있으니 자신의 근원을 부정한다고 비난했어요.

참사랑 부족에게는 믿기 힘든 놀라운 능력 몇 가지가 있었는데 그중 하나가 텔레파시였습니다.

그날 말로 모건이 부족들과 함께 사막 한가운데를 걷고 있었는데 곁에 있던 부족인이 말했습니다.

"저만치에서 동료들이 캥거루를 잡았다고 합니다. 너무 커서 꼬리만 가지고 온다 하네요."

한참 뒤 마을 근처에서 말로 모건은 정말로 캥거루 꼬리를 들고 오는 또 다른 부족인을 만났습니다. 전화를 사용하는 것도 아닌데 어떻게 소통할 수 있었느냐고 묻는 무탄트, 말로 모건에게 참사랑 부족은 말했습니다.

"이것은 본래 신이 우리 인간에게 주신 기본 능력입니다. 태어날 때부터 누구나 갖고 있는 것이지만 쓰지 않으면 퇴화되고 맙니다. 우리는 통신 수단을 가지고 있지 않기 때문에 텔레파시를 계속 사용해야 했습니다만 문명인들은 자신이 가지고 있던 능력을 개발하는 대신 우편과 전화를 개발했죠. 오래 쓰지 않았기 때문에 쓸 수 없게 되었을 뿐 당신도 당신이 원하기만 한다면 우리처럼 멀리 떨어진 소중한 사람과 소통할 수 있습니다."

많은 사람들이 사랑은 끌어안고 입 맞추고 만지는 것이라고 이야기합니다. 맞는 말이지요. 사랑은 관계 속에서 생겨나고 경험을 나누면서 견고해지는 것이니까요. 그렇다고는 하지만 그것이 '반드시 옆에 두고 자주 보고 안을 수 있어야만 사랑'이라는 뜻은 아니라고 생각합니다. 그런 생각을 갖고 있으면 볼 수 없고 만질 수 없고 확인할 수 없을 때면 쉽게 불안해지고 마니까요.

사랑은 피부가 아니라 공기 중에 있다는 말에 동의합니다. 성숙한 사랑이 쉽게 흔들리지 않는 것은 옆에 있지 않아도 옆에 있는 듯한 존재감, 든든함 때문이라고 생각합니다. 옆에 있지 않아도 그 사람이 있기 때문에 나를 둘러싼 공기가 따뜻해지고 보호받고 있다는 안정감이 드는 것은 느껴본 사람만이 아는 감동입니다.

서로의 마음에 함께 진동하는 참사랑 부족이라면 굳이 상대의 사랑을 확인하려 애쓰지 않아도 되겠지요. 느끼고 있으니까요. 어쩌면 그건 애초에 우리에게 허락된 축복인데 너무 많은 생각, 세상이 만들어낸 기준 때문에 잃어버린 것은 아닌지 모르겠습니다.
그런데 통하는 사람을 만났다니 축하할 일이에요.

조용히 마음을 보내고

공명하고

응답하며

오래도록 두 사람 사이에 흐르는 공기가

따스하길.

솔직함,
즐거운 사랑을 위한 준비

도서관에서 빌려온 책을 읽다가
남자는 한 여자의 마음을 만났다.

책갈피에 끼워진 봉투 하나.
받는 사람과 보내는 사람의 이름이
또박또박 적혀 있었다.
단정한 글씨에서 향기가 났다.
평소라면 그러지 않았겠지만 향기에 끌려 남자는
그 여자가 쓴 편지를 읽었다.

편지 속의 여자는 이별을 앞둔 듯했다.
이별하는 상대에게 하고픈 말을 편지로 적은 뒤
도서관에서 대여한 책 속에 끼워두고는
까맣게 잊은 채 반납을 했던 모양이다.

읽어보니 여자는 좀 재미난 사람이었다.
이별을 앞둔 경우라면 보통
'더 잘해주었어야 하는데 그러지 못해 미안하다'고 적었을 텐데
여자는 달랐다.
네가 참 밉다고 적었다.
영원을 약속해놓고
쉽게 변했음에 대하여 비난했고,
너 때문에 나는 오래 불행할 것이라 했다.
불행한 만큼 너를 미워할 것이고,
미움이 바람을 타고 날아가
두고두고 너를 괴롭게 하길 바란다고 적었다.

남자는 편지를 쓴 여자가 궁금해졌다.
자신과는 아주 다른 방식으로 사는 사람이라 느꼈다.

남자는 대개의 경우
자신이 원하는 것보다 상대가 원하는 것을 먼저 생각했다.
자기 속내는 덮어두고
남들이 원하는 방식으로 이야기하고 행동하다가
마침내는 자신의 진짜 마음이 무엇인지조차 잊기도 했는데
여자는 달랐다.
솔직했고 원하는 것이 무엇인지 분명하게 알고 있었으며
마음을 단호한 언어로 표현할 줄 알았다.

남자는 봉투를 하나 사서 그녀의 편지를 안에 넣었다.
쪽지도 곁들였다.
자신의 이름과 전화번호만 적었다.
여자의 이름과 주소를 봉투에 적은 뒤
우표를 붙여 보냈다.

답이 올까는 알 수 없었지만
웃음이 났다.

마음을 따라 몸을 움직인 것,
아주 오랜만이었으므로

그것만으로도 충분히 즐거웠다.
좋았다.

영화 〈사랑할 때 버려야 할 아까운 것들〉은 상반된 성격의 남녀가 만나 사랑을 배워가는 과정을 그리고 있습니다. 잭 니컬슨이 대단한 바람둥이 해리 샌본 역을 맡았고, 단아한 매력의 다이앤 키튼이 유명한 희곡작가 에리카 역할을 맡았죠.
해리는 60대이지만 20대의 아름다운 여자들만 사귀고 있어요. 영원히 철들지 않을 계획인지 수시로 상대를 바꿔가며 쾌락을 즐겨왔습니다. 반면 에리카는 결벽증이 있는 여자예요. 자의식이 강하고 감정에 대하여 대단히 방어적이죠. 한여름에도 챙겨 입는 하얀색 터틀넥이 에리카의 성격을 한눈에 보여주고 있었는데 절대로 벗지 않을 것 같던 그 옷을 에리카가 스스로 찢어버리는 날이 오고 말아요. 해리를 만났기 때문이죠.

무시하려고 했지만 둘은 서로에게 끌리고 있었습니다. 에리카는 용기를 내서 자신을 열어 보였지만 해리는 여전히 무책임했습니다. 진지한 관계가 주는 무게감이 싫어서 도망쳤어요. 에리카는 울고 또 울었습니다. 이전의 그녀로서는 상상할 수 없는 모습이었죠. 보호벽이 무너졌는데 이별이 찾아왔으니 감정의 폭풍을 그대로 맞는 수밖에 없었던 거예요. 해리는 늘 그랬듯 부지런히 다른 여자를 찾았습니다만 가슴이 답답해서 숨이 제대로 쉬어지지 않았어요. 병원에 실려 간 다음에야 자신이 앓고 있는 것이 상실감임을 깨닫습니다. 그제야 해리는 사랑에 대하여 노력이라는 것을 하기 시작합니다.

두 사람이 제대로 사랑할 수 있게 된 것은 마음이 바닥에 떨어져 박살난 다음이었어요. 각자가 가지고 있던 벽이 허물어지면서 그 안에 들어 있던 날것의 마음이 밖으로 나온 것이죠. 겁이 많고 조심스럽기만 하던 에리카는 감정을 있는 그대로 표현하는 용기를 배웠습니다. 해리는 자신이야말로 겁쟁이였음을 인정했습니다. 깊이 들어가 직면할 용기가 없어서 사랑의 주변만 맴돌며 '나는 사랑을 하고 있다'고 스스로를 속여왔던 거죠.

새는 알에서 깨어나기 위해 몸부림을 칩니다. 곁에서 보기 안타깝다고 사람이 밖에서 알을 깨주면 그 새는 날지 못할 수도 있다고 해요. 몸부림치는 동안 날개의 근육이 단련되어 날 수 있게 되는 것이니까요. 스스로 깨고 나와야 해요. 두려움의 벽 너머에 놀라운 사랑이 기다리고 있다는 것을 조금도 의심하지 않으면서 우리 스스로.

오래도록

두 사람 사이에 흐르는 공기가

따뜻하길.

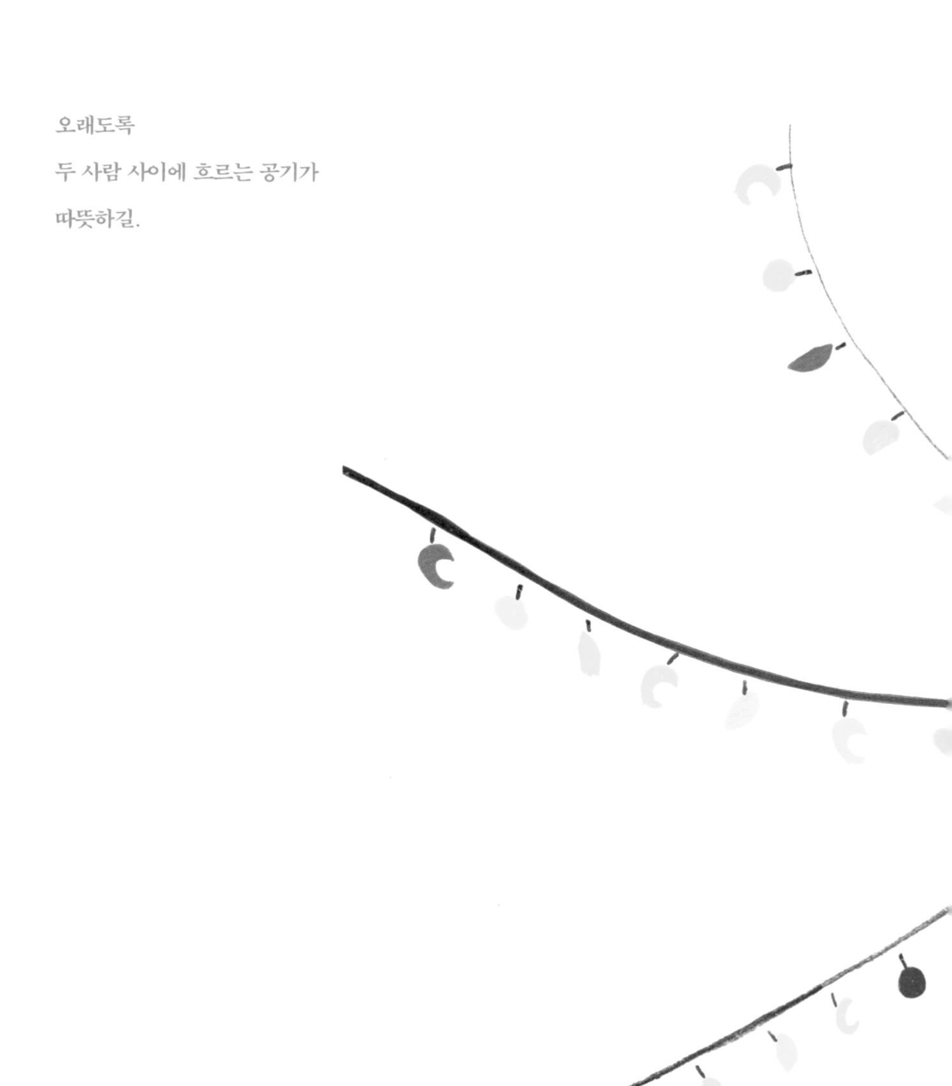

scene 2

사랑하고

우리가 사랑을 말할 때
이야기하는 것들

시간이 흘러 낡아지는 것과 깊어지는 것

여자는 오늘 새 구두를 신고 꽤나 걸었다.

발이 아팠으나 해야 할 일이 밀려

걷는 일을 멈출 수는 없었다.

구두가 점점 조여와

눈물이 날 지경이 되었을 때에야 일이 끝났다.

서둘러 택시를 잡아타고는

뒷자리에 몸을 묻은 채 힘없이 창밖을 바라보았다.

밤이 깊어도 도시는 분주했다.

그래서 오히려 더 쓸쓸한 기분이 되었다.

택시 안에는 아주 오래전 유행했으나
이제는 찾는 사람이 거의 없는
옛 노래 하나가 흐르고 있었는데
듣다보니 슬픈 생각이 찾아왔다.

'이렇게 정신없이 뛰어다녀도
언젠가 나 또한 저 노래처럼 되겠지.'

어느새 세상에서 밀려나 화려했던 시절을 추억하면서
누군가 찾아주기만을 기다리는 존재가 된다는 것.
생각만으로도 눈물이 날 것 같아
여자는 전화기를 꺼내 오래된 연인에게 메시지를 보냈다.

'새 구두를 신었더니 발이 많이 아파.'

그리고 잠시 후,

택시에서 내렸을 때

여자는 자신의 낡은 운동화를 들고

집 앞에 서서 기다리는 남자를 만났다.

두 사람은 자주 함께 걸었고

그래서 남자의 트렁크에는 여자의 오래된 운동화가 있었다.

익숙한 신을 신고 나니 깊게 숨이 쉬어졌다.

살 것 같다며 웃는 여자에게

남자는 '오늘 참 예쁘다'고 말해주었다.

그건, 그 사람 방식의 위로였다.

여자는 웃으며 남자의 팔짱을 끼었고

마주 닿은 팔 사이로 유난히 따뜻한 평화가 흘렀다.

여자는 생각했다.

'시간과 함께 낡아질 것을
걱정하지 않고 깊어지면 된다.'

하루하루 깊어지고 편안해지며
이제는 무엇으로도 바꿀 수 없게 된 남자가 옆에 있어
여자는 고마웠다.

아픔을 잊었다.

두 가지 영화에 대해 이야기하고 싶네요.
〈우리도 사랑일까?〉의 여자 주인공 마고는 결혼을 한 여자였습니다. 익숙하고 편안한 남편의 보호 속에 있었는데 혼자 여행을 갔다 돌아오는 길 한 남자를 만납니다. 숨겨둔 마음을 꿰뚫어 보는 섹시한 남자. 알고 보니 이웃에 살고 있었죠. 정해진 틀 안에 있어야 안전하다고 느끼던 마고였는데 이웃집 남자는 마고를 선 밖으로 끌어내었습니다. 금지된 장난이 주는 짜릿함에 매혹된 것인지 정말 사랑인지 판단도 하기 전에 마고는 감정을 따라갔습니다. 정해진 경계를 넘어서는 일은 일상의 여기저기로 전염되어갔죠. 얌전하던 그녀가 수영장 샤워실에서 친구들과 요란하게 웃고 떠들며 부부생활과 새로 만난 설렘에 대해 이야기하고 있을 때 건너편에서 샤워를 하던 할머니들 중 한 분이 말씀하셨습니다.
"새로운 것도 언젠가는 낡은 것이 되지."
당연히 그리 될 것을 알면서도 마고는 거침없이 감정을 따라갔습니다. 마음뿐만 아니라 몸도 새로운 남자를 향해 갔어요. 남편에게 속한 것도 아니고 새로운 남자에게 속한 것도 아닌 미묘한 줄타기를 영원히 계속할 수는 없었습니다. 양자택일의 순간, 마고는 남편에게 모든 걸 솔직하게 털어놓았습니다. 돌이킬 수 없는 길을 가기로 한 거죠. 떠나겠다는 아내에게 남편은 말했습니다.
"지금 가서 샤워를 좀 해주지 않겠어?"
느닷없는 주문이었지만 마지막 부탁이 될지도 몰랐으므로 여자는 남편이 원하는 대로 했습니다. 수도가 고장이 나서 샤워를 하다보면 느닷없이 차가운 물이 쏟아지던 집이었는데 그날도 역시 그랬습니다. 평소와 다른 것이 있었다면 마고의 표정이었죠. 문득 무언가를 깨달은 얼굴로 샤워 커튼을 열어젖혔는데 거기, 남편이 서 있었습니다. 커다란 물그릇을 들고서 우는 것도 웃는 것도 아닌 얼굴로.

그동안 당신이었냐고 마고는 물었습니다. 남편의 대답은 사랑스럽고 안타까웠어요.
"그래, 매일 나였어. 언젠가 우리가 같이 늙은 다음에 사실은 내가 매일 당신을 놀려주려고 장난을 친 거라고 고백하고 싶었는데."
하지만 함께 늙는 날 같은 건 그들에게 없을 것이었습니다. 비슷한 일상 속에서 매일 조금씩 쌓여가는 추억을 소중히 하는 남자와 새로운 것을 따라가는 여자. 둘은 아프게 이별했습니다.
다음은 제가 참 아름답게 기억하는 영화 속의 한 장면입니다. 〈아무르〉. 곱게 나이든 노부부가 식탁 앞에서 이야기를 나누고 있습니다. 시시콜콜한 일상이거나 오래된 추억이거나 남편은 참 부지런히 이야기했고 여자는 곰곰이 귀 기울여 들었습니다. 그러다가 문득 남편이 아내를 바라보며 말했습니다.
"참, 내가 오늘 당신이 참 예쁘다고 말했던가?"
아주 오래 함께 살았으니 새로울 것 하나 없는 얼굴일 텐데도 남편은 꼼꼼히 아내의 얼굴을 들여다보았습니다. 나이 들었으나 아내의 표정은 소녀 같았고, 남편의 눈빛은 다정하고 그윽하여 제겐 잊지 못할 장면이 되었습니다.

〈아무르〉에는 또 하나, 오래 남는 장면이 있었으니 아내가 뇌졸중에 걸려 누워 있을 때였습니다. 고통스러워할 때마다 남편은 아내의 손을 문질러주며 옛날이야기를 들려주었습니다. 아주 어릴 때 캠핑을 갔는데 엄마가 보고 싶어 매일 밤 엽서를 썼다거나 하는 사소하지만 다정한 이야기들이었어요. 평생을 했는데도 아직도 못 다한 말들이 있었나봅니다. 남편의 인자한 목소리를 들으며 아내는 고통을 좀 잊는 것도 같았습니다.

〈우리도 사랑일까?〉의 주인공처럼 살았던 시절도 있었으나, 어느새 〈아무르〉의 주인공처럼 늙기를 바라는 나이가 되었습니다. 새로운 것도 언젠가는 낡은 것이 된다는 것을 알고 있지만, 낡은 것이 갖는 아름다움도 알게 되었어요.

마냥 새로운 것만 따라가던 시절로 돌아가고 싶냐고 묻는다면 저는 '아니요'라고 대답할 겁니다.

시간을 두고 지켜온 것만이 가질 수 있는 아름다움이 따로 있습니다. 새로운 것은 절대로 가질 수 없는 미덕이죠. 그중 하나가 편안함이고요. 저의 소파는 오래되어 가운데가 푹 꺼졌지만 제 몸에 꼭 맞아서 거기 누워 책을 읽노라면 세상의 근심을 잊습니다. 아주 소박한 예일 뿐이지만요.

사랑에 있어서도 그렇고, 일에 있어서도 '새로운 것에 밀리면 어쩌나' 불안할 때가 있었습니다만, 이제는 아니에요. 중요한 것은 대체할 수 없는 존재가 되는 일이고, 시간이 가르쳐준 깊이와 경험, 능력은 다른 것이 대신할 수 없다는 걸 알아가는 것입니다. '낡은 사람이 되지 않고 깊은 사람이 되는 중'이라고 믿으니까 한결 기운을 내서 일과 사랑 모두를 씩씩하게 해나갈 수 있게 되었습니다.

깊어져요, 우리.
시간과 함께 낡아지지 말고.
우리의 사랑도 그렇게 될 수 있도록 기억하기로 해요.
오래 시간을 함께한다는 것의 가치를. 그 힘을.

아주 작은 존재들도 사랑을 합니다

그녀는 늘 곱게 화장을 하고 있었다.
깔끔하게 잘 다듬어진 꽃바구니 같은 여자였다.
처음엔 예쁜 사람이구나 했고,
다음엔 참 부지런하구나,
자기 관리 능력이 좋은 단단한 사람이구나 했지만
더 나중이 되자 좀 섭섭한 마음이 들었다.
언제나 그 자리인 것 같았기 때문이다.
서로 격식을 차려야 하는
딱 그 정도의 거리만 허락받은 기분.
그래서일까?
그는 그녀 옆에 있을 때
늘 약간 긴장한 상태였다.

이제는 편안해질 때도 된 것 같은데
여자는 언제나 한 발 뒤에 있었다.

궁금하기도 했다.
있는 그대로의 여자는 어떤 모습일까.
얇고 깨끗한 유리벽이 두 사람 사이에 있는 것 같았다.
투명해서 거기 없는 것도 같지만 분명히 있다.
얇아서 쉽게 깨질 것도 같다.
방심하는 순간 두 사람 모두 부서진 유리에 베이고 말 것이었다.
그래서 남자는 성큼 용기를 낼 수 없었다.

지난 주말,
남자와 여자는 박물관에 다녀왔다.
거기 다양한 가면들이 있었다.
중남미 문화권에서 온 것이라 했다.
아래엔 이런 설명이 적혀 있었다.

오래전 중남미 사람들은 가면을 쓰면
영혼의 빛깔이 바뀐다고 믿었단다.
웃는 가면을 쓰면 즐거운 영혼이 되고
일그러진 표정의 탈을 쓰면 괴로운 영혼이 되고
부자의 얼굴을 쓰면 부자의 마음이 되고.

지금의 우리와 별로 다르지 않구나, 하며 여자는 말했다.

"대학 졸업하고 처음 회사에 들어갔을 때
여전히 학생 마인드라 좀 헤맸어.
사람들의 딱딱함과 이중성을 견디기 어려웠는데
선배 하나가 이야기를 해주었지.
너의 얼굴은 집에 두고 출근해라.
가면을 쓰고 있어야 안전하다는 거야.
회사에 있는 동안은 늘 웃으며 친절해야 하니까
직장 여성의 기능적인 가면을 쓰고
진짜 마음은 그 뒤에 숨기는 거야.
가면을 써보니까 그쪽이 더 편하더라고.
편하긴 했는데 그렇게 1년, 2년 지나다 보니까
이젠 어떤 게 진짜 내 얼굴인지 모르게 됐어."
어떤 기분인지 알 것 같아 남자는 여자를 안아주었다.
우리는 모두 조금씩 같은 방식으로 자신을 숨기며 살아간다.
단단해서가 아니라 약해서 말이다.
있는 그대로 세상을 만나면 부서져 버릴까봐
겁이 나서 보호막을 치는 것이다.

여자의 작은 어깨가 안쓰러워
그날 밤 남자는 전화를 걸어 말했다.

"내 앞에서만은 편안해도 괜찮아.
그렇게 해준다면 나는 무척 기쁠 거야."

다음 날,
여자가 깜짝 선물처럼 남자를 찾아왔다.
맛있는 걸 사왔으니 조용한 공원에 들러
소풍 기분을 내볼까 하며 웃었다.

평소와 분명히 달랐다.

화장이 아주 가벼웠다.

그녀 자신의 얼굴에 아주 가까웠다.

사랑스러워서 남자는 여자의 얼굴을 안으며 웃었다.

어서 가자며 남자를 이끄는 여자에게서

향수 냄새가 아닌, 비누 냄새가 났다.

예뻤다.

스페인 영화 〈미투〉는 실화를 바탕으로 한 작품입니다. 주인공은 다운증후군을 가진 서른네 살의 남자 다니엘. 다운증후군을 가진 사람으로서는 유럽 최초로 대학을 졸업했죠. 시청에 근무를 하게 된 첫날 다니엘은 직장 동료 라우라에게 한눈에 반했습니다. 사랑에 빠졌다고 하자 친형조차도 다니엘을 말렸어요. 염색체가 46개인 여자들은 너를 좋아하지 않을 거라 했죠. 다운증후군은 21번 염색체가 보통 사람들보다 하나 더 많습니다. 다니엘은 이해할 수 없었습니다.

"단지 염색체가 하나 더 많을 뿐인데 그냥 좋아하면 안 되나요?"라고 묻고 당당히 사랑했습니다. 다운증후군의 사람들이 특징적인 외모를 가졌다는 건 다들 아실 테지만 강한 봉사심과 인내심을 가진 탓에 '천사병'이라고 불리는 건 모르는 분들이 많을 거예요. 하늘은 그들에게 특징적인 외모를 주는 한편, 특별한 마음씨도 주셨습니다.

라우라는 많은 도시인이 그런 것처럼 마음의 상처가 깊고 외로운 사람이었습니다. 다니엘의 따뜻함에 위로를 받았지만 '사랑'이라는 이름으로 하나가 되는 일은 아무래도 좀 망설여졌죠. 서로 좋아하는데 뭐 그리 계산하고 고려해야 할 것이 많은지 다니엘은 이해하기 어려웠지만 라우라의 입장을 존중해서 적당한 거리를 두었어요. 친구도 아니고 연인도 아닌 모호한 거리에 선 채로 두 사람은 많은 것을 함께했습니다.

둘이 함께 루이자와 페드로 커플을 도와주던 장면은 인상적이었습니다. 루이자와 페드로는 다운증후군을 앓고 있는 사람들을 위한 댄스 교습소에서 만났습니다. 보자마자 사랑에 빠졌고 거침이 없었어요. 서로에게 완전히 몰두했고 한시도 떨어지지 않으려고 했습니다. 25세. 성인의 나이였지만 세상은 그들을 아이 취급하며 보호하고 가둬두려 하였습니다. 하지만 둘의 사랑을 막을 수는 없었어요. 루이자와 페드로는 함께 도망쳤습니다. 결혼을 원했고 사랑을 나누고 싶어 했습니다.

부모님의 반대, 세상의 시선에 지지 않고 오직 사랑에만 집중하는 두 사람을 보며 라우라도, 다니엘도 느끼는 것이 많았습니다. 연인이 된 것은 아니었지만 그들도 결국 사랑을 나누었어요. 마지막 장면을 생각하니 웃음이 나네요. 라우라와 헤어지고 기차를 타고 집에 가는 길 다니엘이 앞자리에 앉은 금발의 아가씨에게 말을 걸어요. 남자로서 자신을 어필하고 호감을 표현했죠. 당당한 모습이 귀엽다는 듯 금발의 아가씨는 웃었습니다. 라우라와의 관계를 통해 다니엘은 남자로서의 자신감을 찾았나봅니다. 기분 좋은 엔딩이었어요. 영화 포스터에 적혀 있던 이 문장도 좋았습니다.

"왜 평범한 사람이 되고 싶어해?"

나약함과 부족함을 감추기 위해 우리는 종종 가면을 씁니다. 영화 속의 라우라도 그랬어요. 회사에선 냉정했고 밤에는 클럽을 돌며 술을 마시고 남자들과 함부로 어울렸죠. 양쪽 모두 가면을 쓴 상태였어요. 하지만 "괜찮아요. 나는 있는 그대로의 당신이 좋아요"라고 말하는 사람, 다니엘을 만나 비로소 편안해졌습니다. 가면을 벗고 한결 자유롭게 숨 쉬며 살 수 있을 거예요.

평생 가면을 쓰고 살 수는 없어요. 연극도 언젠가는 끝나게 마련이죠. 사랑한다면 용기를 내서 맨얼굴을 보여야 해요. 그래야 오래갈 수 있으니까. 가면을 벗기 위해 필요한 것은 건강하고 단단해지려는 노력, 더불어 자신감이겠지만 무엇보다 이걸 알아야 해요. 기억해야 합니다. 아름답고 멋진 사람만 사랑을 하는 것이 아니에요. 평범한 사람들은 물론이고 아주 작은 존재들까지도 사랑을 해요. 특별한 사람들만 사랑하는 것이 아니라 사랑하니까 특별해지는 거예요.

영화 〈우리는 동물원을 샀다〉에 나오는 이 대사를 저는 참 좋아합니다.

"미친 척하고 20초만 용기를 내봐.
상상도 못할 일이 벌어질 거야."

용기를 내서 있는 그대로를 보여주세요. 맨얼굴이라도 괜찮아요. 그래도 사랑스러울 거예요. 맨얼굴을 보여줄 수 있어야 해요. 그래야 오래 갈 수 있으니까요.

결혼은
평생 가는 연애다

여자의 아침은
부모님께 드리는 축하 인사로 시작됐다.
오늘은 부모님의 결혼기념일이었다.

1년 전 여자도 같은 날,
한 남자와 비슷한 약속을 했다.

둘은 사랑했으나 갈등이 많았다.
남자와 여자는 자꾸 엇갈렸다.
마음이 서로를 향해 완벽하게 향하고 있다는 것을
머리로 알았고, 가슴으로 느꼈지만
사랑만으로는 충분하지 않다고 생각했다.

사랑하지만 '맞지 않는다'는 느낌이
강하게 여자를 지배하고 있었기 때문에 힘이 들었다.
도망치고 싶었지만 결국 제자리,
그 남자 앞이었다.
이미 사랑에 묶인 탓이었다.

그랬는데 1년 전 오늘,
부모님의 결혼기념일을 축하드리고
깜빡 잠이 들었다가 눈을 떴는데
깨달음이 찾아왔다.
자고 일어났을 뿐인데 마치 다른 세상인 것처럼
갑자기 모든 것이 명료해졌다.

나는 평생 이 사람을 떠날 수 없을 것이다.
이 사람이라고 인정해야 한다.

어쩌면 부모님이 나란히 웃고 계신 모습을 보며
그 저녁 덩달아 행복했던 탓일 것이다.
여자가 어렸을 때,
부모님은 잘 맞지 않았다.
삐거덕거렸고 자주 침묵했다.
그러나 언젠가부터
두 분은 가장 가까운 친구가 되었다.
비결을 묻자 아버지는 대답했다.

"결혼이란 평생 가는 연애란다."

돌아보면 다툼까지도 사랑이었다고
아버지는 말씀하셨다.

비행기가 이륙할 때를 기억하라 하셨다.
처음엔 덜컹거리고 흔들리지만
높이 올라가면 편안해지고
아름다운 하늘을 만날 수 있다.
중요한 것은
그게 정말로 사랑이라면
머릿속에서 이별이라는 단어를
지워버리는 일이라고 하셨다.
이별할 수 없다면 남는 것은
노력과 인내뿐이라는 이야기.

그 밤, 여자는 남자에게 말했다.

"나는 당신과
평생 가는 연애를
하고 싶어."

멀리 보니 편안해졌다.
이어 하루하루 천천히 평화가 찾아왔다.

오늘 여자는 두 개의 케이크를 샀다.

하나는 부모님을 위한 것,

남은 하나는 자신과 남자를 위한 것이었다.

작은 초 하나를 꽂고 두 사람은 서로에게 감사하며 웃었다.

여자의 부모님을 닮은 미소였다.

영화 〈원 위크〉는 결혼을 앞두고 일주일간 혼자 여행을 떠난 남자 벤의 이야기를 담고 있습니다. 결혼이 코앞인데 벤은 시한부 선고를 받았습니다. 약혼녀는 만류했지만 그는 바이크를 타고 캐나다 동쪽 끝에서 서쪽 끝까지 달려갔습니다. 꼭 한 번은 해보고 싶은 일이었으니까요.

숙소에서 벤과 중년의 남자가 나누던 대화가 오래 기억났습니다. 중년의 남자는 결혼한 지 25년이나 되었는데 여전히 아내를 사랑하고 있다 했습니다.

남자에게 벤이 물었어요.

"나도 그럴 수 있을까요? 지금 내가 하고 있는 것이 진짜 사랑이 맞을까요?"

중년의 남자는 대답했습니다.

"자네가 하고 있는 것이 진짜 사랑이라면 지금 나에게 이런 질문은 하지 않을 걸세."

진짜는 확신 속에 있다는 뜻이었을 겁니다.

정말로 사랑이라면 이게 사랑일까, 의심이 들지 않을 것이라는 이야기.

시간을 정해놓은 여행이었습니다. 일주일. 벤은 충분히 방황했습니다. 마음껏 달렸고, 아이처럼 대책이 없었으며, 숲에서 말이 잘 통하는 자유로운 여인을 만나 꿈결 같은 사랑을 나누기도 했습니다. 서쪽 바다에 도착했을 때는 신이 도왔는지 평생의 꿈을 이루기도 했습니다. 돌고래를 만나 함께 수영하는 것이었죠. 그리고 벤은 약혼녀 곁으로, 현실로 돌아갔습니다. 수술을 받고 이전에 살던 삶을 살았죠.
영화의 말미, 머리가 희끗해진 벤이 나와서 자신의 소설을 읽었습니다. 꿈같던 일주일에 관한 것이었죠. 좋은 인생을 살아온 모습이었습니다. 꿈같던 시간은 꿈으로 남겨둔 채 그는 현실을 잘 살았던 모양이에요.

결혼을 앞두고 많은 사람들이 질문합니다.
"이것이 진짜 사랑이 맞을까?"
거기에 대해서는 중년의 남자가 벤에게 했던 말을 들려주고 싶네요. 그리고 더불어 해주고 싶은 말은 결혼은 죽음이 아니라는 것입니다. 영화 〈원 위크〉는 시한부 선고와 결혼을 묘하게 배치시켜 놓았습니다. 다시는 떠날 수 없을 것 같으니까 떠나고 싶고, 다시는 사랑할 수 없을 것 같으니까 금지된 사랑에 도전하고. 죽음을 앞둔 벤처럼 결혼을 앞둔 사람들이 종종 그런다는 것을 알고 있습니다.

하지만 결혼은 인생의 끝이 아니라 하나의 단계입니다. 결혼이란 두 사람이 함께 새로운 세상을 열어가는 것입니다. 둘이 합의만 된다면 바이크를 타고 일주일 동안 여행을 할 수도 있고, 다른 무엇을 할 수도 있습니다. '둘이 합의가 된다면'이라는 단서가 붙지만 그래서 또 신기한 것이 결혼입니다.

A와 했으면 못했을 일을, B와 결혼했기 때문에 신나게 할 수 있는 것. 그것이 결혼이니까요. 그런 점에서 결혼은 연애와 다르지만 연애의 연장선상에 있습니다. 서로를 조율하며 가는 과정이니까요. 조율의 과정을 즐기면 연애와 같을 테고, 조율을 포기하고 대립하면 사람들이 두려워하는 흡사 '죽음 같은 결혼'이 되겠죠.

어느 쪽의 삶을 살 것인지는 선택의 문제겠지만 어쨌거나 저는
'결혼은 평생 가는 연애'라는 말이

참
좋네요.

그곳이 전쟁터라고 해도
같이 있고 싶은 것

"내가 할 수 있는 일은 없어?"

여자가 물었다.

"가만히 여기서 기다려주면 돼."

남자는 대답했다.

문제가 생길 때마다 남자에겐 비밀이 생겼다.

어려운 일은 혼자 해결하는

오랜 버릇 때문인 듯했다.

사소하게는 이랬다.

어느 날 남자는 아팠다.

혼자 아팠다.

여러 번 전화를 해도 연락이 되지 않아
여자는 남자의 집을 찾아갔다.

벨을 누르니 부스스한 얼굴로 남자가 문을 열어주었다.
열에 들뜬 모습이었다.
아파서 이틀이나 출근을 못 하고
제대로 먹지도 못한 채로
앓아누워 있었다고 했다.

여자는 남자를 침대에 눕히고
약을 사다 먹이고 죽을 만들었다.
그러는 동안 남자가 했던 말은
"고마워"가 아니었다.
"어서 가봐. 난 괜찮아."
남자는 자꾸 그랬다.
약해지거나 흐트러진 모습을
남에게 보이는 것이 싫다고 했다.

'너에게는 내가 남이구나.'

여자는 섭섭해서 눈물이 날 지경이었지만
더 이상 말하지 않고 죽을 끓여놓고 그 집을 나왔다.

대부분의 경우
두 사람은 잘 맞았지만
남자에게 안 좋은 일이 생길 때만은 같은 패턴이 반복되었다.
남자는 혼자 있고 싶었고,
여자는 같이 있고 싶었다.

두 사람이 가는 길에 폭풍우가 친다면
여자는 함께 노를 저어 이겨내고 싶었으나
남자는 '폭풍우는 나 혼자 감내할 테니
너는 평화로운 섬에 머물면서
편안히 기다려달라' 하는 타입이었다.
그 기다림이 전혀 평화롭지 않다는 것을
남자는 모르는 것 같았다.
여자는 차라리 같이 힘들고 싶었다.

요즘 남자는 또 힘든 시간을 넘고 있는 중이다.
혼자 애를 쓰면서도 그저 지켜봐달라는 말에
여자는 그러겠다 했다.
옳은 사랑에 있어 정답이란 건 세상에 없겠지만
그것이 지금 남자가 원하는 것이니까
여자는 그저 기다리는 중이다.

사랑에 의문이 생기고
기다림이 하염없는 이 시간들이
여자에겐 얼마나 힘겨운 것인지
언젠가 남자는 깨닫게 될까.
알 수 없는 것이지만
그래도.

대학 시절이었습니다.

초여름, 열린 창문으로 들어오는 바람이 좋던 저녁. 대강당에서 여학생들을 위한 강의 하나를 들었어요. 특강이었는데 제목이 '연애의 방법'이었던가. 300명쯤 들어가는 계단식 강의실이 남녀 학생들로 꽉 차 있었죠.

그날 많은 학생들이 박수를 보냈던 대목을 이야기해주고 싶어요. 강단에 서 있던 여성학자 오한숙희 씨는 질문했습니다.
"중국 무협영화 좋아하세요? 장면 하나를 상상해보세요. 남자와 여자가 고요한 대나무 숲길을 걸으면서 사랑의 대화를 나누고 있습니다. 그때 숲속에서 이상한 인기척이 들려오는 거예요. 무협영화의 주인공들은 어떻게 하나요? 서로 등을 맞대고 섭니다. 그럼으로써 360도 방어가 가능해지죠. 한편, 중세 유럽을 배경으로 한 영화는 어떤가요? 남자는 기사 복장을 하고 있습니다. 망토를 입고 한쪽에 칼을 차고 있어요. 여자는 페티코트가 들어 있는 드레스를 입고 있죠. 걸음 걷는 것조차 조심스러울 거예요. 그런데 적들이 나타납니다. 남자와 여자는 달리기 시작합니다. 때마다 꼭 나오는 장면이 있어요. 여자가 넘어집니다. 바닥에 주저앉은 채 남자에게 말하죠. '나는 괜찮으니까 당신은 어서 가봐요.' 하지만 사랑하는 여인을 버려두고 남자가 어떻게 가나요. 구하러 달려옵니다. 여자를 끌어안고 일으켜보려 하다가 결국은 둘이 같이 붙잡혀요. 중세 유럽 영화의 장면들, 로맨

틱해 보일 수는 있지만 결과는 비참합니다. 저는 여러분이 사랑을 할 때 중국 무협영화처럼 했으면 좋겠어요. 혼자서는 180도밖에 방어를 못하지만 둘이 등을 맞대면 360도 전부를 커버할 수 있는 연애. 함께 강해지는 사랑, 어떤가요?"

강의가 끝난 뒤 친구들과 몇 번이나 되새겼던 구절입니다.
안전한 섬에서 하염없이 기다리는 여자가 아니라 '함께 파도를 넘는 여자가 되고 싶다'고 그에게 솔직하게 말해보면 어떨까요. 상대의 방식을 존중하는 것은 좋은 일이지만 고통스러워하면서까지 억지로 견딜 필요는 없다고 생각합니다. 감내하기 이전에 솔직하고 충분한 대화가 필요하지 않을까 싶습니다. 용기를 내서 자신이 정말로 원하는 것을 말해보는 거예요.

사랑이란 여러 가지 면에서 우리가 사는 집을 닮았습니다. 처음부터 완벽하게 맞는 집을 찾는 것은 쉽지 않아요. 살면서 하나씩 나에게 맞게 바꿔가야 하죠. 특별히 불편한 부분이 있다면 고쳐야 하는 게 당연하고요. 그래야 그 집에 오래 살 수 있습니다. 괜찮다, 괜찮다 하면서 머리를 속일 수 있을지는 모르지만 마음은 머리 몰래 병이 듭니다. 심지어는 몸에 탈이 생기기도 하고요. 그때 가서 할 수 있는 선택이란 오직 하나. 새집을 찾는 것뿐이잖아요. 억지로 견디다보면 결국엔 지쳐서 관계를 포기하게 되고 말아요. 그동안 참아온 것마저 아무 의미 없게 되고 말아요.

그가 원하는 것을 주고 싶고, 그가 원하는 여자가 되고 싶은 마음은 이해하지만 사랑이 끝나고 난 다음엔 다 부질없는 것이잖아요. 그러니 용기를 내서 마음을 있는 그대로 말해보세요.
망설여진다면 한 번만 입장을 바꿔 생각해보겠어요? 사랑하는 사람이 사랑한다는 이유 하나로 견디기 힘든 상황을 묵묵히 혼자 견디고 있다면? 자기가 그렇게 만든 사람이라면? 상상만으로도 미안하고 슬퍼지지 않나요?

그 사람도 같을 거예요.
사랑한다면 미안할 거고,
솔직한 마음을 말하는 당신을 안아주고
달라질 겁니다.

정말
사랑한다면 말이에요.

사랑은 여러 가지 면에서 우리가 사는 집을 닮았습니다
처음부터 완벽하게 맞는 집을 찾는 것은 쉽지 않아요

행복한 새는
날아가지 않는다

'하필이면 이런 여자를 사랑하게 됐을까.'

남자는 가끔 쓸쓸한 얼굴로 생각했다.

여자는 자주 여행을 떠났다.

이유는 말하지 않았다.

때로는 언제 돌아올 것인지도 말도 않은 채 떠났다가

문득 내일 몇 시 비행기로 도착할 것이라고

문자 메시지를 보내왔다.

남자는 왜 머무르지 못하는 것이냐고 묻지 못했고,
왜 문득 돌아오는 것이냐고도 묻지 못했다.
그 질문이 새장의 문을 열어
새를 날아가게 할까봐 불안했기 때문이다.
남자는 매번 질문들을 가슴에 눌러놓은 채
애써 웃는 얼굴로 마중을 나가
여행은 즐거웠냐고 물을 뿐이었다.

어느 날 여자가 또 말했다.
다시 여행을 갈 것이라고.
고개를 끄덕거리는 남자를
여자는 물끄러미 바라보았다.

그리고 남자에게 물었다.
“거기까지야?
나에게 더 할 말은 없어?”
남자는 그녀의 눈을 바라보았다.
까만 눈동자 안에 남자의 얼굴이 비쳤다.
불안하고 우울한 표정.
본래 이런 얼굴이었던가.
남자는 자신의 모습이 낯설었다.
왜 너는 보통의 남자와 다른 것이냐고 여자는 다시 물었다.
연인이 여행을 간다고 하면 어디로 가는지, 왜 가는지,
가서 무엇을 할 것이고, 언제 돌아올 것인지
보통은 그런 것들을 묻는 법이 아니냐고.

실은 나도 궁금했다고 남자가 대답했다.
그러자 여자는 말했다.
아무것도 묻지 않는 남자가 그동안 좀 섭섭했다고.
그리하여 두 사람은 마침내 솔직한 이야기를 꺼내놓았다.

남자는 털어놓았다.
묻고 싶었지만 너는 자유로운 영혼이고,
내 질문들이 구속이 되어 너를 불편하게 할까봐 침묵했다고.
여자는 남자의 흩어진 앞머리를 가지런히 해주며 말했다.

"네가 주고 싶은 것과
내가 주고 싶은 것이
우리 서로 꼭 같았구나."

아무것도 묻지 않기에 처음에는
시시콜콜한 이야기를 싫어하는 남자인 줄 알았고,
있는 그대로의 너를 존중해주고 싶어 조용히 있었는데
나중에는 섭섭해졌다며 여자는 웃었다.
그러고는 덧붙여 말했다.

"우린 오늘 또 하나를 배웠네.
사랑에 있어서 상대를 존중하는 일만큼 중요한 것은
자기 자신의 감정에 솔직해지는 일인 것 같아."

남자도 웃으며 질문했다.
그동안 어디를 그렇게 다녔던 것이냐고.
남자의 어깨에 기대 여자는 착한 목소리로 말했다.
이곳이 불편하여, 혹시 내가 있어야 할 곳은 다른 곳인가 하여
그곳을 찾으러 다녔는데 이제는 그만 다녀도 될 것 같다고.

"이곳이 불편했던 게 아니었어.
솔직하지 못한 것이 불편한 것이었어.

오늘 여기, 참 좋다."

어깨 위로 전해지는 그녀의 온기를 느끼며
남자는 믿음 하나를 갖게 되었다.

새장의 문을 열어둔다고 해도,
행복한 새는
날아가지 않을 것이다.

이병률 시인의 책에서 '말하지 못하는 것들이 심장으로 몰려들어서 보라색 피멍이 든다'는 글을 보고 고개를 끄덕거린 적이 있었습니다. 주로 질문 없이 받아들이고 이해하는 방식으로 사랑을 해왔기 때문에 가슴 안에 답답함이 많이 쌓인 참이었습니다.

'꼭 해야 할 말이라면 해주겠지.'
그렇게 믿었지만 속에 멍이 많이 들고 난 다음에야 알았습니다. 아무리 사랑해도 그는 남이라는 사실. 아무리 열심히 노력해도 상대의 마음을 다 알아차릴 수는 없습니다. 상대 역시 내 마음에 대해 그럴 테고요. 더 좋은 소통을 위하여 저는 좀 수다스러워지기로 했습니다. 마음을 말하는 일에는 여전히 익숙하지 않았지만 편지 쓰는 걸 좋아했으니까 자주 메일을 보냈어요.

'나는 좀 고집이 센 사람이에요. 화를 자주 내지는 않지만 화가 나 있거든 그냥 두세요. 저 혼자 풀어져서 금방 웃어요.'
그는 단순하고 착한 남자였어요. 나라는 여자의 매뉴얼을 우직하게 잘 기억하고 지켜주었습니다. 그 일에 용기를 얻어 질문을 시작했어요. 평소 '말이란 중요한 것이 아니다, 행동이다'라는 입장의 남자였지만 제 질문에 대해서는 성실히 대답해주었습니다. 그런 과정에서 저는 알게 되었어요. 그는 말로 상처받은 일이 많은 사람이었습니다. 헛된 약속에 지쳐 있는 사람. 어쩌면 저 역시 그래서 말이 가진 힘 같은 것은 믿지 않았던 것 같습니다만.

깨달음을 얻은 것은 전혀 엉뚱하게도 일터에서였습니다. 내가 했던 말이 전혀 다른 뉘앙스와 의미로 전달되어 돌고 돌다가 나에게로 왔을 때 깨달았어요.

'말이 나쁜 것이 아니다. 말을 사용하는 사람이 문제다.'
똑같은 칼을 쥐더라도 어떤 사람은 그것으로 맛있는 음식을 만들고 누군가는 타인의 심장을 찌르잖아요. 말이 문제가 아니라, 말을 사용하는 사람이 문제였던 거예요. 나는 그를 위해 맛있는 요리를 하는 여자가 되어보자, 싶어졌어요. 마침내 오래 사귄 절친한 친구처럼 시시콜콜 떠들어대던 날. 집에 도착했는데 그에게서 문자가 왔습니다.
"이렇게 수다를 떠니까 참 좋네."
감정 표현에 서툰 그 남자의 문자를 아직도 기억하고 있습니다. 떠올릴 때마다 여전히 웃음이 나요. 그렇게 저는 조금씩 말이 많은 여자가 되어갔어요.
남녀 사이에 말이 필요한 이유에 대해 재미난 충고를 들은 적이 있습니다. 후배의 집에서 차를 마시고 있던 중이었어요. 회사에서 일하고 있던 후배의 남편이 짬을 내서 전화를 해왔습니다. 밥은 먹었냐 등등 사소한 이야기들이 꽤나 길게 오고 갔습니다. 그런데 후배보다 늦게 출근을 하는 남편이 창문을 안 닫고 나갔던 모양이에요.

"일기예보에서 비 온다고 했는데 열어놓고 나가면 어떻게 해."
꾸중하는 후배를 보면서 아마 제 표정이 변했던 모양입니다. 저는 직장에 있는 사람과는 용건만 간단히 해야 한다는 주의였으니까요. 일상의 이야기는 집에 와서 하면 되는 거 아닌가 하는 생각이 얼굴에 드러났던 모양이에요.

전화를 끊은 후배는 말했습니다.

"언니의 연애가 자꾸 힘들어지는 이유가 뭔지 알아? 언니는 말을 너무 안 해. 내가 언니에게 '오늘 누구 만났어?'라고 물으면 '친구'라고 대답하잖아. 남자에게도 그러지? 그럼 남자는 혼자 상상을 하게 되어 있어. 사랑에 있어서 가장 나쁜 것은 혼자만의 상상이야. 나쁜 쪽으로 흐르거든. 결국 남자는 불안해지고 힘들어하다가 스텝이 꼬이는 거지."

태도의 차이는 생각과 해석의 차이에서 비롯됩니다. 그때 저는 사랑을 참 어렵게 생각했던 것 같아요. 좋은 모습만 보이고 싶었던 거죠. 잘해봐야 반쪽짜리였던 거예요. 하지만 시간이 흘러 이제는 알 것 같습니다. 사랑을 할 때는 끝을 염려할 필요가 없어요. 그렇게 될 일은 결국 그렇게 되고 맙니다. 인연이면 헤어지려고 해도 이어지고, 인연이 아니면 애를 써도 헤어지게 되더라고요. 중요한 것은 같이 있는 시간이니까 같이 있는 동안은 헤어질 염려 같은 것은 다 잊고, 마치 영원할 것처럼 사랑할 필요가 있더라고요. 끝을 두려워하지 않는 사람은 있는 모습 그대로를 다 보여주잖아요.

다 보여주고, 다 이야기할 수 있는 용기가 서로를 편안하게 만들어주는 것 같아요. 아무리 좋아하더라도 비밀이 있는 친구는 조심해서 대해야 하고 막힌 듯한 느낌도 들고 어쨌거나 불편하잖아요. 지금의 저는 연인을 가장 가까운 친구 대하듯이 하려고 노력 중이에요. 내가 편안해지는 만큼 그도 편안해지길 바라면서요. 다 보여주었다가 떠나면 어쩌나 하는 걱정은 하지 않습니다. 그렇게 떠날 사람이라면 언젠가 내 모습을 다 보게 되는 날, 나를 떠날 테니까요.

필요한 것은 두려움이 아니라 용기와 자신감, 시간이 갈수록 보면 볼수록 더 매력적인 사람이 되려는 노력이겠죠. 그 안에서 행복하여 새장 문을 열어두어도, 새가 떠나지 않도록 품이 넓고 향기로운 사람이 되려는 노력 말이에요.

살아 있는 것들이
상처를 극복하는 법

여자는 오늘 아침 너무 일찍 잠에서 깼다.

이유를 알 수 없는 불안함 때문이었다.

어쩌면 주말에 만난 그에게서

평소 같지 않음을 느꼈기 때문인지도 모르겠다.

책도 손에 잡히지 않아

여자는 괜히 집 안을 서성이다

토스트를 구워 먹고

설거지를 했다.

그러다가 접시를 깨뜨렸는데

그게 하필이면 가장 아끼는 파란색 접시였다.

여자는 반으로 깨끗하게 갈라진 접시가

어쩐지 불길하게만 느껴졌다.

불안정한 기분은 하루 종일 계속되어

특별히 어려운 일이 아닌데도 터무니없는 실수를 했고

객관적으로는 고단할 것 없는 하루였음에도 몸이 무거워졌다.

주차를 하는데 범퍼가 긁히는 소리가 났지만

차에서 내려 살펴보지는 않았다.

하루가 다 끝날 때까지도 그랬다.

인정하고 싶지 않은 사실을 만났을 때

외면할 수 있는 한 외면을 하는 것이

그녀의 오랜 습관이었다.

돌아보면 그가 전과 같지 않은 것은
지난 며칠만의 일은 아니었다.
다만 오랜 습관대로 외면하고 있었을 뿐이다.
하지만 외면한다고 해서
흠집이 난 차의 범퍼가 본래대로 돌아오는 것은 아니다.
그저 속상함을 며칠 미루어두는 것일 뿐.

'그를 생각하면 나는 왜 불안한 것일까.'
여자는 자신에게 물었다.
정확한 답은 알 수 없었다.
혼자 상상하는 것은 좋지 않다.
생각이 쉽게 나쁜 쪽으로 흐른다.
그에게 전화를 걸었다.

"가장 아끼는 접시를 깨뜨렸어.
당신이 여행 가서 사다준 파란 접시 말이야.
불길한 기분이 들어. 불안해."

그는 웃으며 말했다.

"나, 못난 남자가 되어버렸구나.
자기 여자를 불안하게 하는 건
못난 남자나 하는 일이라던데.
내가 미안해. 중요한 일이 있었어.
깊이 생각을 해야 했고 말이야.
접시는 잊어. 더 예쁜 것으로 사줄게."

고맙다고 여자는 말했다.
하지만 여자는 그것으로는 충분하지 않았다.
아마도 여자가 숨기고 있는 마음을
남자는 이해했던가 보다.
전화를 끊기 전 이런 말을 덧붙였다.

"깨진 접시는 다시 붙일 수 없지만
살아 있는 것들은 달라.
상처가 났던 자리가 다시 붙으면
거기는 더 단단해지잖아.
그런 일은 없겠지만 어떤 일이 있어도
아무것도 걱정하지 말고,
나를 믿고 우리를 믿어."

그것은 출렁거리는 불안의 파도를 잠재우는
마법 같은 말이었다.

나를 믿어.

그 한마디로 여자의 밤은
충분히 따뜻해졌다.
다시 평화로웠다.

'혼자 상상하는 것은 좋지 않다.
생각이 쉽게 나쁜 쪽으로 흐른다.
그에게 전화를 걸었다.'

저는 이 대목이 참 좋습니다. 많은 사랑과 진실과 진심이 상상 속에서 죽어가니까요.

연리목과 연리지라는 것이 있어요. 연리목은 두 개의 나무가, 연리지는 두 개의 가지가 하나로 붙어 자라는 것입니다. 각자 떨어져 있던 둘이 만나 하나가 되었으니 사랑의 상징으로 흔히 쓰이지만 둘이 하나가 되는 일, 그 처음은 사실 상처입니다.
두 개의 가지가 하나가 되는 과정을 볼까요? 나란히 자라다가 어느 날 몸이 맞닿습니다. 바람이 불 때면 흔들리며 서로 스쳤죠. 스치고 또 스치다 보면 껍질이 벗겨집니다. 맨살이 맞닿은 채로 시간이 오래 지나다 보면 두 나무의 혹은 두 가지의 물관과 체관이 하나로 합쳐집니다. 아주 많은 것을 공유하게 되는 것이지요. 두 개의 나무가 하나가 되었으니 뿌리가 두 배로 넓을 겁니다. 태풍이 불어도 쉽게 뿌리 뽑히지 않겠죠. 가뭄에도 더 강해질 겁니다. 하나가 약해지면 옆에 기대어 함께 있을 수 있을 테고요.

이것이 살아 있는 것들이 상처를 극복하는 아름다운 방법입니다. 사랑하는 존재들이 상처를 끌어안고 더 강해지는 과정이기도 하고요.

각기 다른 두 존재가 만나는 일은 필연적으로 상처를 동반합니다. 그러나 살아 있기 때문에 그 상처를 통해서 강해지고, 더 단단하게 결속할 수 있다는 것을 기억하면 잡은 손을 한 번 더 꼭 잡을 수 있을 겁니다.

아름답네요.
'나를 믿어'라고 말하는 사람과 그 한마디로 평온해지는 두 사람.

차곡차곡
단단히
하나가 되길.

새장 문을 열어둔다고 해도

행복한 새는 날아가지 않아요.

연애 상대와
결혼 상대

그녀는 늘 다른 사람의 시선을
많이 신경 쓰는 여자였다.
집에서는 좋은 딸,
학교에서는 좋은 학생,
회사에서는 좋은 직원이 되고 싶었다.
늘 정해진 길만 걸었고
벗어나지 않았다.
단정했고 정직했다.

그걸 천성이라 여기고 살아왔지만
요즘 여자는 다른 생각을 한다.
그것은 '안전하기 위한 쉬운 선택'이었는지도 모른다.
새장 속의 새는 독수리에게 잡히지 않는다.
예상치 못한 공격에 다치거나 하는 일도 없다.
자유롭지 않지만 안전하기는 하다.

여자는 어른들이 말하는
결혼하기에 적당한 나이에
결혼하기에 적당한 남자를 만나
꼭 닮은 반지를 나눠 끼고 평생을 살아갈 계획이었다.
그것이 여자가 그려놓은 인생의 청사진이었으므로
안전한 상대를 만나 평온한 연애를
여러 해 계속해오던 중이었다.

그런데
불쑥 나타난 남자 하나가
여자의 고요한 일상을 수선스럽게 만들었다.

남자는 여자의 손을 잡고 마구 길을 건넜다.
멀리 돌아가더라도 반드시 횡단보도를 이용하던 여자인데
남자를 만나 서른이 가까운 나이에 처음 무단횡단을 해보았다.
함께 출장을 나갔던 지방 도시의 8차선 도로에서였다.
무섭다며 남자를 나무라긴 했으나
길을 다 건너고 나니 묘하게 들뜨며 즐거워졌다.
존재가 혹은 삶이 가벼워진 기분이 들었다.

무단횡단이 처음이라는 말에 남자는 웃었다.
웃더니 또 길로 뛰어들었다.
그날, 오래 두고 단단하게 쌓아온 여자의 벽에 금이 갔다.
처음엔 아주 작은 균열이었으나 점점 커졌고

결국

오래 가둬두었던
마음이
흐르기 시작했다.

본래 한 사람만을 향해 흘러야 하는 마음이었는데
둘로 갈라지더니 방향을 잃었다.
'이건 나답지 않은 일이야.'
여자는 생각했다.
멈춰야 하는 것이 아닐까 고민하고 있을 때면
남자가 나타나 그녀의 손을 잡고 또 달렸다.

그의 옆에 있으면 바람조차 달랐다.
달았다.
시원했다.
시간을 잊었다.

하지만 그 손을 놓고 혼자가 되면 또 고민이 시작됐다.
평생 안전한 새장 속에만 있었다.
혼자 나는 연습을 하기에는 너무 늦은 나이인지도 모른다.
단 한 번도 스스로 날아본 적 없이 어른이 되었으니
날개가 굳었을 것이다.
그런데 겁도 없이 이래도 되는 것일까.

오래된 연인의 전화를 받을 때마다
여자는 완벽하게 한 사람을 향해 흐르지 않고
갈라져 흐르는 자신의 마음이 미안하고 불편했다.

그리하여 여자는
오늘도 새장 문 앞을 서성이며 서 있다.
생에 처음 길을 잃고서.

이제야말로 자신의 지도를 만들어야 하는 순간임을 깨달았지만
답은 쉽게 찾아지지 않았다.

〈아이 엠 러브〉는 슬프고도 아름다운 영화였습니다. 하지만 영화가 끝나고 가장 먼저 했던 생각은 단순한 것이었어요.

'나는 저렇게 살지 않아도 되니 얼마나 다행인가.'

주인공 엠마는 명품의 삶을 살고 있습니다. 돈 많은 남편, 좋은 가문, 청결한 집, 아름다운 풍경, 모범이 되는 가정. 사고 싶은 것은 언제나 살 수 있었고, 남편은 때가 되면 보석을 선물해주었으며 머리부터 발끝까지 명품으로 치장하고 있었지만 엠마의 얼굴은 지나치게 창백했고 표정이 지워진 채였습니다. 가면을 쓰고 사는 인생 같았죠.
그러던 엠마의 얼굴에 표정이 생긴 것은 젊은 요리사 안토니오 덕분이었죠. 아들의 친구인 안토니오가 만든 요리를 먹던 순간 엠마는 뭔가를 깨달은, 동요된 얼굴이었습니다. 잠들어 있던 본능 혹은 본성이 깨어나는 표정이었다 할까요. 엠마가 쓰고 있던 단단한 명품 가면은 금이 가기 시작했습니다. 돌이킬 수 없었죠. 엠마는 본성의 움직임을 따라갔습니다. 안토니오는 젊고 솔직했고, 엠마를 엠마 본인으로 있게 만들어주었습니다. 자유와 해방을 맛볼 수 있었죠. 그의 곁에 있으면 잠들었던 세포 하나하나가 깨어나는 것 같았죠. 사랑과 열정, 본성을 따라갔던 죄로 엠마는 많은 것을 잃었습니다.
세상이 그녀의 불륜을 알게 되는 순간, 가정은 깨어졌고 안정도 사라졌으며 남편은 차가운 목소리로 "넌 처음부터 존재하지 않았어"라며 지나간 시간과 그녀의 존재를 부정했죠. 견고했던 새장은 깨졌고 자유를 얻었으나 대가는 잔혹했습니다. 무엇보다도 사랑하는 아들이 충격으로 목숨을 잃었으니까요.

흔히 말하는 결혼 적령기를 앞둔 후배들이 종종 찾아와 질문을 하곤 합니다.
"안정과 열정, 어느 쪽을 따라가야 하는 것일까요?"
양자택일을 해야 한다는 것 자체가 우스운 일이지만 꼭 그래야만 한다면 저는 〈아이 엠 러브〉를 보라고 권유하고 싶습니다. 열정을 충분히 불태워보지 않고 안주를 하면 〈아이 엠 러브〉의 엠마처럼 살게 됩니다. 언젠가 결국 자유를 찾고 자기다운 삶을 살게 된다 하더라도 너무 큰 대가를 치른 다음이 되는 거죠.
물론 안정과 열정을 조화롭게 가져갈 수 있다면 가장 좋겠지만 그럴 수 없다면 열정의 삶을 사는 것이 먼저라고 이야기하고 싶습니다. 너무 일찍 새장에 갇힌 새는 평생 하늘을 그리워하며 살게 됩니다. 그러다가 날아갈 수 있는 기회가 생기면 갈등이 시작되는 것이지요. 커다란 세상을 여행하고 이제 그만 여행해도 되겠다 싶을 때 집을 마련해도 괜찮습니다.

열정의 삶을 살아보지 않으면 자기다운 삶이 무엇이고 자신이 무엇을 따라가는 사람인지 알 수가 없으니까 자기답게 살고 난 다음에 안정이라고, 일단은 충분히 자기답게 살라는 이야기를 건네고 싶네요.

사랑이 무엇인지
우리는 알고 있을까

그녀를 안고 남자는 물었다.

'이토록 아름다운 감정을 일컫는 말,
사랑 말고는 없는 것일까.'
남자의 품에 안겨 여자는 물었다.
'사랑이란 대체 무엇일까.'
포옹을 풀고 남자는 여자의 얼굴을 들여다보며 물었다.
지금 그 말은
아직 사랑을 해본 적이 없다는 뜻인 거냐고.

여자는 고개를 끄덕였다.

순간 남자는 여자에게서 좀 떨어져 앉았다.
둘이 같은 마음이라 줄곧 믿어왔다.
남자는 책임감을 가지고 좋은 관계를 만들어가려 노력했는데
지금 여자는 사랑이 무엇인지 모르겠다고 말하고 있다.
그것은 곧 남자를 사랑하지 않는다는 뜻이 된다.
얼마나 아픈 말인지 모르고 뱉은 것일까.

여러 번 사랑을 했다.
좋지만 머물다 가겠지,
지금은 좋아도 멀어지겠지,
막연히 그랬다.
그리고 정말로 헤어졌다.

하지만 여자는 달랐다.
그녀와의 이별이 상상되지 않았다.
우리는 오래 같이 늙겠구나, 확신했는데
사랑을 모른다고 그녀가 말했다.
말하고 있다.

그럼 지금껏 우리가 무엇을 해온 것이냐 묻고 싶었지만
따져 묻는다고 상황이 달라지진 않을 것이다.
상대를 바꿀 수 없다.
그에 따라 내가 달라질 수 있을 뿐.
그것이 여러 번의 연애를 통해 남자가 얻은 결론이었다.
질책하는 대신 남자는 자신의 이야기를 했다.

우리는 적지 않은 시간을 만나왔고
나는 우리가 함께 사랑을 하고 있다 생각했다.
사랑하는 사람으로서 미래를 생각했고
책임감도 느꼈다.
적어도 나는 그랬는데
너는 사랑을 모른다고 말하니
우리는 내가 생각했던 관계가 아닌 것 같다.
너에게 뭐라고 하고 싶지는 않지만
좀 당황스러워서 그러니
생각과 입장을 정리할 시간을 좀 가져야겠다.

연락 없이 며칠을 지냈다.
남자는 여러 번 생각했다.

나는 사랑이 무엇인지 제대로 알고 있을까.

돌이켜보면 순간의 확신으로 왔다.
떨리고 설레고 반짝이는 기쁨이 가슴 가득히 차올라서
봄의 어느 순간 꽃망울이 터지듯
사랑한다, 말하게 되었다.
정말이지 모를 수가 없다.
좋아하면 반드시 알게 된다.

그런데 아무렇지도 않은 얼굴을 하고
사랑이란 대체 무엇일까, 그녀가 물었다.
온 마음으로 좋아해온 여자친구가 말이다.

지나간 시간이 허망하게 느껴졌다.
나무랄 순 없지만 마음이 아팠다.
더 노력해야 하는 것일까.
지금껏도 사랑이 아니었는데
앞으로는 사랑이 될 수 있을까.
막막한 가운데 일주일이 지나갔다.
여자에게서 메시지가 왔다.

"집 앞이야.
하고 싶은 말이 있는데 아주 잠깐이면 돼."

복잡하면서도 두근거리는 기분으로
아파트 1층 현관문을 여니 그녀가 달려왔다.
웃으며 사랑이 무엇인지 알았다 했다.

무슨 말을 하고 싶은 것일까.
남자는 소리 없이 표정으로 질문했고
여자는 또박또박 확신에 찬 얼굴로 대답했다.

"사랑이 무엇인지 알았어.
사랑은, 너야."

사랑이 어려울 땐 어른들을 찾아갑니다. 또래끼리 이야기해봐야 복잡해질 뿐이죠. 어른들의 고마운 말씀을 짧은 문장으로 정리해두고 필요할 때 꺼내어 되뇌곤 하는데 이런 것들입니다.

'사랑이 어려울 때 가장 좋은 답은 더 사랑하는 것이다.'
'모르는 척해주는 것도 사랑이다.'
'믿음이 흔들린다면 더 믿어라.'
심플하죠? 간단하지만 몸소 살아온 인생의 지혜가 담긴 말이라 생각합니다.

영화 〈LA 이야기〉에 나오는 이 문장도 좋아해요.
'마음이 있는 곳에 몸이 있게 하라.'
내가 서 있어야 할 자리를 알게 해주죠. 어디선가 읽고 수첩에 적어둔 것도 있는데 맨 앞에 이 말이 있습니다.
'어리석은 사람들은 사랑에 대해 생각하고 현명한 사람들은 그냥 사랑을 한다.'
'그냥 사랑한다' 저는 이 말이 좋아요. 질문 없이, 셈 없이, 지레짐작이나 괜한 걱정 없이 그냥.
사랑이란 본래 알 수 없는 것이잖아요. 내 마음마저도 모르게 만드는 것.
'사랑은 무엇일까' 그 답도 없는 질문 앞에서 서성거리며 소중한 시간을 낭비하지 말고 '그냥' 좀 사랑할 필요가 있어요.
'사랑은 너야'라는 말.

간결하고 확신에 차 있어서 기분 좋네요. 잠시 섭섭한 마음도 있었겠지만 이렇게 말해주는 사람이 있으니 더 이상 무슨 생각이 필요할까요. 선물하고 싶은 노래가 있어요. 크리셋 미셸의 〈Love is you〉라는 곡입니다. 'Love is you'라는 문장 하나가 계속 반복되면서 복잡한 생각을 접고, 내 앞의 사랑을 보게 만들거든요. 한 곡 더 보탤게요. 영화 〈미드나잇 인 파리〉에 삽입된 노래. 코널 폭스의 〈Let's do it〉. 매력적인 가사예요.

'사랑을 하세요.
새들도 하고, 꿀벌들도 하고, 바다에서는 굴이,
심지어는 콩들조차도 사랑을 해요.
그러니까 Let's do it, Let's fall in love.'

사랑을 하세요. 새들도 하고, 꿀벌들도 하고

바다에서는 굴이, 심지어는 콩들조차도 사랑을 해요.

scene 3

헤어지고

이별을 극복하는
소소하지만 도움이 되는
방법들

그들의 사랑은
각자 다른 속도로 흘렀다

반대편에 있었다.

여자는 서울에 있었다.

그들 사이에는 7시간의 시차가 있었고

그것쯤은 아무것도 아닐 거라고,

몸이 멀어지던 무렵 두 사람은 생각했다.

아무것도 아니라고 생각하니,

정말 아무것도 아닌 것이 되기도 했다.

여자는 잠에서 깨자마자 남자에게 연락을 해왔고

남자는 퇴근길에 항상 여자에게 연락을 했다.

부지런히 이메일을 쓰기도 했고,

크리스마스나 휴가철이 되면 남자가 서울로 날아오거나

중간의 낯선 나라에서 만나기도 했다.
멀어서 오히려 멀어지지 않으려 애쓰던 시간이 지나갔다.

두 사람 사이에 시차가 문제가 되었던 것은
마침내 둘이 함께 서울에 있게 되었을 때였다.
가까워지니 욕심이 많아졌고,
당연한 것 또한 많아졌다.
눈이 오면 만나야 했고,
외로운 날에도 그랬으며
생일이거나 기념일 혹은
직장 상사가 짜증을 부린 날에도 그랬다.

멀리 있을 때는,
1년에 며칠, 같이 있는 시간이 참으로 소중했는데
서울, 차로 달려 30분 거리에 살게 되자
같이 있지 못하는 며칠이 섭섭한 이유가 되었다.
다투고 멀어지다가 결국 여자가 이별을 전해왔다.

어째서 달라진 것이냐고 남자는 물었다.

"모든 것이 그렇듯 사랑에도 끝이 있는 것 같아."

여자는 대답했다.

남자는 말했다.

"하지만 나는 끝이 아니야."

여자는 고개를 떨구고 말했다.

"하지만 나는 끝이야."

한번 돌아선 마음을 다시 되돌리는 것은 쉽지 않았다.

먼저 사랑을 말하고 손을 잡아준 여자가

남자는 두고두고 고마웠는데

이번에도 역시 그녀가 먼저였다.

'사랑에도 시차가 있는가 보다.'

혼자 남은 남자는 생각했다.

그건 물리적인 거리보다 더 슬픈 것이었다.

마주 앉아 있어도,

나란히 있어도,

각 자 다 른 속 도 로

끝을 향해 가는

사랑의 시간, 사랑의 시차는.

함민복 시인이 쓴 〈선천성 그리움〉이라는 시를 좋아합니다. 시의 화자는 한 여자를 무척 사랑하여 깊이 끌어안았습니다. 하지만 아무리 열심히 끌어안아도 심장은 하나가 되지 않았죠. '심장이 포개어지지 않는 어쩔 수 없는 거리'에서 선천성 그리움이 비롯된다고 했습니다. 완전하게 하나가 될 수 없어서 옆에 있어도 그립고 사랑을 해도 외롭다는 것이지요.
두 사람이 만나 각자의 심장으로 사랑을 한다는 건 쓸쓸한 일이에요. 아무리 몰입해도 너는 너이고, 나는 나라서 행복한가 싶으면서도 허전하고 불안하죠. 하지만 두 개의 심장이 하나가 되는 일을 상상해봅니다. 결국 죽고 말 거예요.
칼릴 지브란은 신전의 두 기둥처럼 사랑하라고 말했습니다. 신전의 두 기둥은 나란히 서 있죠. 그 사이로는 자유로운 바람이 오고 가고요. 기둥이 가까워지다 못해 하나로 포개진다면 신전은 무너지고 말 것입니다.
가로수가 우거진 길을 걷는 걸 좋아합니다. 길가의 나무들은 적당한 거리를 두고 서 있어요. 지나치게 가깝게 붙어 있으면 가지가 부딪치고 꺾일 거예요. 뿌리를 뻗어나갈 자리가 부족해 잎이 마르겠죠. 건강해지기 위해서는 적당한 거리가 필요합니다.
기둥도 나무도 사랑도 관계 또한 그렇다는 걸 우리는 알아요. 알면서도 잘 되지 않는 것이 문제지만.
제가 맡고 있는 라디오 프로그램 중에 상담 코너가 있었습니다. 우리나라 최고의 모델 에이전시라고 불리는 에스팀의 대표 이사 김소연

씨가 이에 대해 아주 명쾌한 이야기를 해준 적이 있어요.
"우리나라 사람들의 전형적인 연애 방식은 재고의 여지가 있어요. 연애를 시작하기 전에는 밀고 당기기를 하면서 무척이나 거리 조절을 합니다. 그러나 정작 연애를 시작하면 상대에게 완전 몰입을 해서 하루 종일 그 사람이 무엇을 하는지 체크하고 연락을 기다려요. 저는 반대가 되어야 한다고 봐요. 상대를 내 사람으로 만들 때까지는 정성을 들여야 하죠. 몰입이 필요해요. 그런 과정을 통해서 내 사람이 되고 안정적인 관계가 되면 본래 있던 자리로 돌아갈 필요가 있어요. 일도 열심히 하고, 자신의 생활도 즐기고 해야 연애가 오래가는 거 아닐까요?"

사랑이란 살아 있는 유기체와 같다고 느낄 때가 있습니다. 살아 있는 모든 것들에게 호흡이란 중요한 문제입니다. 제대로 숨 쉴 공간과 공기가 필요해요. 만약 제대로 숨을 쉴 수 없다면? 이내 끝이겠죠.
때로 사랑의 시차는 숨 쉴 공간의 부재, 호흡곤란에서 옵니다. 숨이 막히니까 탈출구를 향해 뛰어가는 것이죠. 숨이 막히면 막힐수록 더 빨리 말입니다. 좋아하니까 보고 싶고, 같이 있고 싶은 것은 당연한 일이겠지만 천천히 느긋하게 각자의 시간과 공간을 존중한다면 사랑의 수명이 더 길어질지도 모르겠습니다.
거북이가 장수하는 이유 중 하나는 천천히 움직이기 때문이라고 하잖아요.

상처가 덜 남도록 이별을 통과하는 방법

여자가 처음 귀를 뚫은 것은 스무 살 때였다.

첫사랑으로 아팠다.
보름이나 잠이 오지 않았다.
마치 머리 위에서 폭포가 떨어지는 것 같았다.
얼음처럼 차가운 물이 가슴으로 떨어지는 기분.
그러다가 마음은 또 한순간 불덩이처럼 뜨거워졌다.
그래서 견디지 못하고 귀를 뚫었다.
마음이 저린 것보다는
몸이 아픈 게 나을 것 같아서였다.

물이 들어가지 않게 하고, 소독도 잘 해주라는
경고의 말은 무시했다.
아파도 괜찮았다. 아니, 아픈 게 더 나았다.
옷을 벗다가 건드리는 바람에 며칠이나
귀가 많이 붓고 욱신거렸다.
덕분에 사랑이 만든 아픔은 잠시 흐려졌다.

스스로 상처를 내고 몰아붙이면서
아픔을 지우는 방식을 여자는 그때 배웠다.

여자는 지금 3일째,
거의 잠을 자지 않고 일에 몰두하고 있는 중이다.
다른 사람들의 몫까지 떠안았다.
그러지 않아도 되는데 그렇게 했다.
스스로를 마감에 쫓기게 만들었다.
밥 먹는 시간까지 줄여가며 머리를 썼다.
잠이 부족하여 점점 몽롱해졌다.
그것은 일종의 정신적 마취 같았다.
자신이 마음 아파하는 중이라는 것을 잠시 잊을 수 있었다.
며칠 전 이별했다는 사실도 희미해졌다.

요즘 들어 남자와 여자는 자주 어긋났다.
고비를 넘을 때마다 멀어지는 것이 느껴졌다.
노력해도 예전 같지 않았다.
관계에도 휴식이 필요한 것 같다며,
남자가 잠시 좀 쉬자고 했다.
더 지치게 되는 것이 두려워서 여자도 그러자 했다.

그런데 오랜만에 다시 만나던 날, 남자는 말했다.
"떨어져 있으니 오히려 편안한 거 같아."
여자는 그것이 무엇을 의미하는지 알 것 같았다.
이별 통보였다.
여자는 그저 '잘 자'라고 말하고 보냈다.
마지막은 깔끔한 게 좋았다.

오늘 늦은 밤, 사무실.

여자는 잠을 쫓기 위해 진하게 커피를 내리다

문득 창밖을 보았다.

시선을 돌리는 게 아니었다.

슬픔과 걱정이 찾아왔다.

귀를 뚫는 순간에는 괜찮았다.

사랑니를 뽑을 때도 그랬다.

정말로 아픈 것은 다음 날이었다.

잠시인 줄 알았던 이별이 영원이 되었다.

일에 파묻혀 하루 이틀은 더 버틴다고 해도

결국은 이 믿어지지 않는 상황을 받아들여야만 할 것이다.

그땐, 어쩌면 좋을까.

창밖으로 아파트가 보인다.

깜깜한 가운데 홀로 불을 켜둔 사람이 있다.

'누가 또 나처럼 슬픔에 잠 못 들고 있는가 보네.'

그 사람이 가여워 여자는 울었다.

이별 때문에 우는 것은 아니라고,

여자는 그렇게 스스로를 속였다.

이별에 아파하는 사람들에게 소설가 김형경의 『좋은 이별』을 권하곤 합니다. 이별에 좋은 것이 어디 있느냐고 묻는 사람들이 있지만 저는 사랑에도 좋은 사랑이 있듯이 이별에도 좋은 이별이 있다고, 있어야 한다고 주장하는 편입니다.

『좋은 이별』은 '이별을 제대로 애도해야 한다'는 문장을 일관되게 끌어가고 있습니다. 제대로 애도하지 않은 이별이 다음에 오는 사랑에 좋지 않은 영향을 미칠 수도 있다는 것이지요. 그러니 이별을 제대로 통과할 필요가 있다는 이야기.
먼저 죽음의 다섯 단계가 소개됩니다. 엘리자베스 퀴블러 로스의 '죽음의 다섯 단계'는 죽음을 선고 받았을 때 환자들이 보이는 반응을 말하는 것으로 '부정-분노-타협-우울-수용' 순서로 진행됩니다. 그럴 리가 없다고 부정하고, 왜 하필 나냐고 화를 내고, 내가 더 잘할 테니까 더 살게 해달라고 절대자와 타협하려 하고, 도저히 희망이 없구나 심하게 우울해지고, 그러고 난 뒤에야 죽음을 수용하게 된다는 거죠. 수용의 단계가 되면 환자들은 운명을 받아들이고 마지막까지 의미 있는 일을 하려고 애쓴다고 합니다. 먼 여정을 떠나기 전에 취하는 마지막 휴식 같다고 하던가요.
이별도 비슷한 과정을 거칩니다. 끝일 리가 없다고 부정하다가, 화를 내다가, 더 잘할 테니 돌아오라고 매달리다가, 희망이 없구나 슬퍼한 다음에야 이제 정말 끝이구나 수용하게 된다는 거죠. 깊이의 차이는 있겠지만 누구에게나 아픈 과정인 것은 분명한데 어떤 사람은 고통을 끝까지 밀고 가서 몸과 마음을 크게 다친 채로 쓰러지고, 어떤 사람은 그 시간을 통과하며 성숙해집니다.

이제 이별의 시작이니 어떻게 하면 좋을까요?
마음 대신 몸을 아프게 하며 남은 시간을 보낼까요?

저는 아플 만큼 아파한 뒤 바닥을 치고 올라오는 것도 나쁘지 않다고 생각합니다만, 좋았던 사람이니까 좋게 이별하려고 노력하는 것도 의미 있는 일이라 생각합니다. 그저 두 사람에게 주어진 인연의 시간이 끝난 것뿐이니까 누가 더 나빴는지 돌이켜 생각하지 말고, 내가 더 잘했어야 했는데 왜 그랬을까 너무 자책하지 말고, 좋았던 시간을 기억하며 '참 즐거웠구나' 좋게 간직하는 일.
분명 어렵겠지만 나중에 돌아보면 내가 제법 잘 해냈구나 뿌듯해질 테니까 그쪽으로 조금만 더 노력해 보면 어떨까요? 스스로를 상처 내는 것이나, 되도록 좋은 쪽으로 기억하려고 애쓰는 일이나 똑같이 힘든 일이겠지만 어차피 드는 힘이니 조금 더 긍정적인 방향으로 말이에요.

우리 그래 보면 어떨까요?

건강해지기 위해서는

거리가 필요합니다.

기둥도

나무도

사랑도

관계 또한 그렇다는 걸

우리는 알아요.

좋았던 순간을 오래오래 기억해요

그 여자는 오늘 오래 끼고 있던 반지를 뺐다.

오래전,

봄 햇살이 좋던 날이었다.

남자는 여자를 작은 반지 가게로 데리고 갔다.

손으로 세공을 해서 만든 반지는

남자가 직접 디자인을 부탁한 것이라 했다.

단정한 반지는 남자의 정갈한 성품과 닮아 있었다.

안쪽에 서로의 이니셜이 새겨진 반지를 건네며
남자는 자신의 할머니 이야기를 해주었다.

한 번 낀 결혼반지를 평생 빼지 않아
결국은 손에서 빠지지 않게 된 이야기.
살아가는 시간이 쌓이는 동안 손가락 마디가 굵어져
결국 빠지지 않게 되었던 것이다.
먼저 돌아가신 할아버지가 그리울 때
할머니는 손가락 위의 가락지를 돌리면서
'이 반지는 나와 무덤까지 함께하겠구나.'
슬픈 듯 행복한 듯 웃으셨다는데.

할아버지, 할머니 이야기를 들려주며 남자는 여자에게 말했다.
"내게 사랑이란 '오래가는 약속'이에요.
우리도 할아버지, 할머니처럼 오래오래 함께 늙어가요."
남자의 그 말이 좋아서 여자 또한 사랑이 힘든 날이면
손가락 위의 반지를 돌리며 견뎌내곤 했다.

이별을 말하는 남자에게 여자는 말했다.

"당신의 사랑은 이렇게 쉽게 변하는 것이었나요?
오래가는 약속이라 하지 않았나요?"
'진심'이었다고 답하는 남자에게 여자는 말했다.
"순간의 진심이었겠지."
오래가겠다던 약속은 어쩌다가 순간의 진심이 되었을까.
슬프고 화가 나기도 하는 일이었으나
'이별까지도 사랑'이라는 말이 기억나서
여자는 조용히 남자를 보냈다.

'마지막까지 함께할 사람이 아니었을 뿐이다.'

그저 거기까지만 아쉬워하기로 하고 여자는 생각을 정리했다.
어쩌면 이것은 소중함을 알아가는 과정일 것이다.
마지막까지 함께할 사람의 소중함을 알아가는 과정 말이다.
그러자 '순간의 진심'까지도 고맙게 간직할 수 있게 되었다.

사랑이란 생명을 가진 유기체와 같다고 생각합니다. 두 사람이 만나는 순간 하나의 우주가 태어납니다. 빛나고 성숙하다가 시들고 사라집니다. 살아 있는 것들이 모두 그런 것처럼 사랑도 언젠가는 끝이 납니다. 부정할 수 없는 사실이에요. 죽음은 태어난 순서대로 오지 않습니다. 백 년을 넘게 살다 가시는 분이 있는가 하면 아주 일찍 세상을 떠나는 아이도 있으니까요. 하지만 어느 것이 더 값진 삶이라고 함부로 말할 수 있을까요.

며칠 전 미국 드라마 〈먼데이 모닝〉을 보았습니다. 뇌 한복판에 커다란 종양을 갖고 있는 13세 소녀가 수술을 거부하며 말했습니다.

"나는 이미 한 번 수술을 받았어요. 여러 달 화학요법과 약으로 고통도 받았고요. 더 이상의 치료는 거부하겠어요. 나는 밖에 나가서 친구들을 만날 거예요. 가족들과 여행도 할 거고요. 얼마 전 남자아이 하나가 저를 댄스파티에 초대했어요. 거기도 가고 싶어요. 의사 선생님에게는 수십 년의 삶이 남아 있을지 모르지만 저에게는 그게 생의 전부예요."

"저에게는 그게 생의 전부예요"라는 소녀의 단호한 한마디가 마음에 남았습니다. 어떤 사람은 길게 살고, 어떤 사람은 짧게 살아요. 우리의 노력으로 바꿀 수 있는 것은 아주 한정된 영역이죠. 어떤 사랑은 길게 지속되고, 어떤 사랑은 그렇지 않아요. 애를 써보았지만 결국 이별을 맞이한 사람들은 노력한다고 다 되는 일은 아니었다고 말하곤 합니다. 어쩌면 각각의 사랑에도 역시 정해진 수명 같은 게 있는지도 모르겠습니다만, 분명한 것은 짧다고 해서 나쁜 것만은 아니라는 사실입니다. 아쉽고 안타깝기는 하지만요. 길다고 해서 좋은 것만도 아니고요.

중요한 것은 무엇을 했고, 나누었고, 어떻게 간직되는가가 아닐까요?

영화 〈봄날은 간다〉에서 남자 주인공 상우가 슬픈 얼굴로 던졌던 한 마디를 기억합니다.

"어떻게 사랑이 변하니?"

2001년 그 영화를 처음 보던 날엔 하루 종일 그 말이 마음 안에 울렸는데 그 후 긴 시간이 흐르고 많은 일을 겪으면서 태도가 좀 바뀌었어요.

'사랑도 사람이 하는 일인데 어떻게 안 변하겠니?'

이렇게요. '변하는 것이 어쩌면 당연한 일이다'라고 여기게 되자 여러 가지로 편안해졌어요. 연인의 눈길이 멀어졌다거나 연락이 좀 뜸해졌다 해도 '변하다니 어떻게 그럴 수 있어?' 분노하고 비난하며 시간을 보내기보다는 지키려는 노력을 하게 되었죠. '순간의 진심'이면 어쩌나 불안해하기보다 '진심의 순간'들을 감사하며 누리게 되고요.

약속이 깨져버리는 것은 몇 번을 거듭해도 여전히 아프고 안타까운 일입니다. 아무래도 익숙해지지 않는 것이 이별이었지만 이별을 받아들이는 태도는 달라지기도 했습니다. '변하다니 나쁘다' 두고두고 곱씹으면서 원망하다보니 극복하기 어려운 상처만 쌓이더라고요. 애써 아물던 상처가 다시 벌어지기도 하고요.
어려운 일인 것은 분명하지만 무엇보다도 나 자신을 위해서 애써 웃으며 '덕분에 또 하나 배웠으니 됐어. 고마웠어'라고 말해봅니다. 좋은 기억으로 간직하려 노력도 해보고요. 그래야 다시 사랑이 왔을 때 한결 부드럽게 시작할 수 있거든요.

좋았던 것을 더 오래 많이 기억해야 해요.

누구보다도　　우리 자신을 위해서 말예요.

사랑에도 공부가 필요하다

밤늦게 퇴근을 한 여자는 베란다 창문을 열다가
화초의 잎이 축 늘어져 있는 것을 발견했다.
부지런히 자랐고 유난히 무성해서
여름에는 매일 물을 주어야 했는데
비가 잦고, 습기 찬 계절이라 방심을 했다.
하루 이틀 걸러도 괜찮을 줄 알았다.

하지만 아니었다.

어쩌면 당연한 일이었다.
창밖에 소나기가 내린다고 해서
베란다의 화초가 그 빗물을 먹는 것은 아니다.

주인이 소홀하면 장마가 지고
여러 날 비가 그치지 않는 중에도
말라 죽을 수 있는 것이 화분 속의 꽃이었다. 잎이었다.
그래도 욕심 없는 식물들이라 서둘러 물을 듬뿍 주고는
잠시 후에 들여다보니 어느새 싱그러운 얼굴이다.
감사한 마음이 들었다.

이럴 수 있었다면 좋았을 것이다.
이렇게 아주 늦지 않았으면 고마웠을 것이다.
멀어진 남자를 떠올리며 여자는 생각했다.

그에게 다른 사람이 생겼다는 소식을 듣고
여자는 어리둥절했다.
믿을 수 없었다.
남자는 처음부터 변함없이 헌신적인 사람이었다.
그녀가 가장 중심이었다.
그녀가 가장 먼저였다.
달라졌다니, 변심이라니, 상상도 못했던 일이다.
예기치 못한 현실을 인정할 수 없어서 여자는 좀 헤맸다.

믿기지 않는다는 듯 이유를 묻자 남자는 대답했다.

"너를 사랑했어. 하지만 늘 외로웠지.
노력할수록 더 외로웠어.
지금도 너는 나에게 좋은 사람이야.
하지만 나도 이젠 사랑을 받고 싶어."

달라져 보겠다고 말했던 건 오기 때문이었는지도 모른다.
남자는 고개를 저으며 말했다.

"너는 달라지지 않아.
네 옆에 있으면 나는 계속 외로울 거야."

바닷물을 마시는 기분이었다고 남자는 말했다.
분명 물인데, 마시면 마실수록 목이 말랐다고 했다.
여자가 주는 마음이나 노력이
남자에게는 맞지 않았던 모양이었다.

돌아보면 소홀했다.
남자가 늘 거기, 같은 자리에 있어줄 거라 믿고
여자는 자신이 하는 일을, 관계나 사랑보다 앞에 놓고 살았다.
그래도 변심한 당신 참 나쁘다고,
남자를 원망하며 보내었지만
오늘 작은 화분을 들여다보며 여자는 새삼 미안해졌다.

내 안에 들여놓은 것들에겐 책임이 있다.
그런데 목마르게 했고,
혼자 갈증을 견디게 만들었다.
힘들게 하고 싶었던 것은 아니다.
다만, 서툴렀기 때문임을 그도 지금쯤은 이해했을까.

부디 그렇기를.

미안한 마음에 여자는 괜히 화초를 쓰다듬었다.
이제 와서 자꾸 미안한 마음이 들어 그랬다.

이번에는 제 이야기를 좀 해보고 싶네요.

몇 년 전 정신분석을 받으러 갔던 적이 있습니다. 왜 늘 같은 이유로 이별을 하는 것인지 궁금했습니다. 본래의 저는 이별에 순순한 편이었어요. 정확히 말하면 이별의 기미를 감지하자마자 먼저 관계를 닫고 도망치는 쪽이었는데 언제인가부터는 이별이 오는 줄도 모르고 있게 됐어요. 일방적으로 통보를 받고는 깜짝 놀라서 그제야 '왜? 언제부터? 어째서?'라고 따져 물었죠. 그때마다 들었던 대답이 '너는 나를 사랑하지 않아'였습니다. '그렇지 않다. 내 마음을 네가 제대로 모를 뿐이다'라고 우기고 이별을 인정하지 않아 사랑의 끝을 남루하게 만드는 방향으로 저는 가고 있었어요.

그런 이별을 멈추고 싶었고 이유를 알고 싶어서 정신분석을 받아보기로 했습니다. 여러 시간에 걸쳐 인성검사를 받았는데 결론은 '이유를 알 수 없으니 좀 더 깊은 심리상담을 받아보는 것이 좋겠다'였습니다. 가족 안에서 충분히 사랑을 받았으니 더더욱 이유를 알 수 없다고 하더군요. 하지만 의사가 분석 결과를 읽어주는 동안 저는 저의 어디가 문제인지 알 것 같았습니다. 집으로 돌아오는 차 안에서 굉장히 울었어요. 며칠이나 계속 울었습니다. 그리고 공부를 시작했어요. 사람들이 가지고 있는 보편적 심리와 내가 갖고 있는 문제에 대해서.

저희 아버지는 대단히 성실하고 책임감이 강한 분입니다. 도덕 교과서 같은 분이고 무뚝뚝하셨죠. 하지만 딸들에 대해서만은 달랐어요. 사랑하고 있다는 걸 언제나 느끼게 해주셨죠. 저의 책상 위에는 자주 아버지의 러브레터가 놓여 있었습니다. 응원과 지지로 가득 차 있었고 마지막 문장은 한결같았습니다.

'사랑한다, 우리 딸.'

과묵한 아버지였으므로 더 믿음이 가는 고백이었습니다. 심리학 서적들을 통해 저는 제가 남자친구를 아버지와 동일시하고 있다는 것을 깨달았어요. 때문에 흔히 말하는 관리를 하지 않았어요. 소홀하면 떠나는 것이 남녀 간의 사랑에 있어서는 당연한 일인데 아빠처럼 늘 내 옆에 있고, 언제나 내 편일 거라고 내 마음대로 믿어버렸던 거죠.
깨닫고 나니 지나간 사람들에게 무척 미안했습니다. 옆에 있으라 해놓고 목마르게 했으니까요.
다음에 만난 사람에게는 하지 않던 노력을 꽤 많이 했어요. 안 하던 일이니 서툴러서 시행착오를 많이 겪었습니다만 좋았어요. '사랑한다'라고 말하는 순간 마음 안에 가라앉아 있던 사랑이 울컥 하고 올라와서 '내가 정말 사랑하고 있구나' 하고 온몸의 세포가 쭈뼛해지는 것 같았어요.

'내가 사랑을 지키려 이렇게 노력하고 있구나.'
어쩐지 나 자신이 예뻐 보여서 즐겁고 행복했고요.
그런 과정을 통해 제가 알게 된 것은 사랑에도 공부가 필요하다는 것입니다. 자기 자신을 이해할 필요가 있어요. 심리학 책도 좋고, 문학책도 좋고, 철학 책도 아주 좋습니다.
내 어떤 부분이 부족한지 왜 그런지 알고 나면, 어떤 노력을 해야 하는지 알게 되니까 관계를 좀 더 잘 풀어갈 수 있습니다. 상대를 더 잘 이해할 수 있는 것은 물론이고요.

똑같은 시행착오를 거치지 않도록

다음 사랑에 대한 준비로 솔직한 자기 자신을 만나는 공부,

어떨까요?

우리 안에 들여놓은 것들에게 마음을 주세요

우리에겐 그럴 책임이 있어요

두려움과 고백은
한 글자 차이다

남자와 여자는 사내 커플이었다.

시작은 조심스러웠다.

여자는 걱정이 많은 타입이었다.

남자는 긍정적인 사람이었다.

주저하는 여자 앞에서 남자는

왜 나쁜 것을 먼저 생각하느냐며 웃었다.

우리의 결말은 좋을 것이라며 그녀를 이끌었다.

확고한 눈빛이 믿음직스러워

여자는 그를 따라갔다.

사실 여자는 걱정이 됐다.

실은 전에 사내 연애를 한 적이 있었다.

괜한 말들이 두 사람을 괴롭혔고

남자가 예고도 없이

다른 여자와 결혼을 해버리는 바람에 상처를 입었다.

동정 어린 시선을 견디지 못하고

회사까지 옮기게 되었다.

하지만 여자는 자신의 아픔을 남자에게 이야기하지 않았다.

스스로도 되새기기 싫은 기억이었으므로.

다만 우려되는 것들이 있으니

회사 사람들에게는 비밀로 하자 했다.

생각이 달랐지만 남자는 여자의 뜻을 존중했다.

그렇게

아주 조심스러운 여자와

매우 씩씩한 남자의 사랑이 시작되었다.

어려운 점도 있었지만 좋은 것도 많았다.
일을 하다 눈이 마주치면 남자는 꼭 웃었다.
굳이 시간을 내지 않아도 함께 점심을 먹을 수 있었고
오늘 하루는 어땠냐고
시시콜콜 전화를 해서 묻지 않아도
저절로 알 수 있어 좋았다.
질문 없이 이해할 수 있음이 행복했고
그가 만들어준 커피를 마시며
점심시간을 마무리하는 것도 좋았다.
일이 밀려 야근을 할 때는
함께 남아 서로의 힘겨움을 나눌 수도 있었다.
도움이 될 수 있다는 것이 기분 좋았다.

여자는 남자에게 종종 새로운 넥타이를 선물했다.
그걸 매고 출근하는 모습을 보는 것이 즐거웠다.
누군가가 잘 어울린다고 칭찬을 하면
마주 보며 비밀스럽게 웃는 순간들이 좋았다.

하지만 비밀에는 종종 오해가 동반되는 법이다.
또 다른 한 남자가 여자에게 친절했다.
여자는 동료 사이의 친절이라 여겼으나
남자는 아니었다.

그리고 남자가 맞았다.
그 사람이 덜컥 여자에게 고백을 해오는 바람에
상황이 자꾸 꼬여갔다.

여자는 말했다.
"그냥 나를 믿으면 돼."

하지만 남자는 예민해졌다.
같은 방식으로 사랑을 잃은 나쁜 기억 때문이라고 했다.

여자는 자신이 중심을 더 잘 지키면 될 거라 여겼지만
어긋남은 예상하지 못한 곳에서 불쑥불쑥 찾아왔다.
이해시키고 안심시키고 그러다가 지쳐갔다.
속상하고 안타깝다가

나중에는 참 못났구나 싶어졌다.
그리고 싸우다가 그만
그 말을 뱉고 말았다.
하지 말았어야 할 말이었다.

이제 남자는 여자를 보아도 웃지 않는다.
베일 듯 차갑고 냉정해서 마주칠 때면
자신도 모르게 고개를 숙이게 된다.
마음을 꺼내어 보여줄 수 있다면 좋겠지만
그리 할 수 없으니 이제 방법을 모르겠다.
노력할수록 관계는 점점 더 어긋났다.

너의 문제가 아니라,
그 사람 자신의 문제라고 친구들은 말했다.
하지만 그 사람의 문제가,
곧 나의 문제가 되는 것.

그게 사랑인 줄 알고 살았는데…….

여자는 이제 사랑을 모르겠다.
힘들 때일수록 더 손을 꼭 잡자고 말하던
그 남자는 어디로 간 것일까.
넥타이를 고르며 즐거워하던 시간과
아침마다 굿모닝, 하며 웃던

그 사람이 그리울 뿐이다.

영화 〈엘 시크레토—비밀의 눈동자〉는 두려움을 이기고 마침내 사랑이 되기까지 참 오랜 시간 먼 길을 돌아갔던 남자와 여자 이야기를 담고 있습니다.
주인공은 벤야민과 이레네. 같은 사무실에서 일하는 검사보와 여검사였습니다. 두 사람은 호흡이 참 잘 맞았어요. 가치관이며 정의로운 성격까지 닮은 점이 많았습니다. 문제는 신분 차이였죠. 이레네는 하버드를 나온 좋은 집안의 딸이며 검사였지만 벤야민은 고졸 출신의 소시민이었거든요. 게다가 이레네는 결혼을 앞두고 있었습니다. 상대 역시 좋은 집안 남자였고요.

감정을 감춘 채로 일에 몰두하던 어느 날 두 사람에게 강간 살인사건이 배당됩니다. 아름다운 20대 여인이 옷이 벗겨진 채 사체로 발견되었죠. 세상은 죽은 여인의 불륜을 의심했지만 남편만은 아내의 결백을 굳게 믿었습니다. 검사보 벤야민은 진실을 알아보는 특별하고 예민한 눈을 갖고 있었어요. 피해자의 졸업 앨범을 보다가 그녀 주변을 맴도는 스토커 같은 남자 하나를 발견했습니다. 겨우 범인을 잡았습니다만 무리하게 밀어붙이며 정의를 주장하는 바람에 권력층의 미움을 사고 말아요. 견제 차원에서 권력층은 벤야민이 잡아 넣은 범인을 풀어주었습니다. 역으로 벤야민이 도망하는 입장이 되었죠. 범인이 폭력배들과 결합하여 벤야민을 죽이려 했으니까요. 이레네가 도피처를 마련해주었습니다. 벤야민이 황급히 열차를 타고 떠나던 밤, 이레네는 안개 낀 플랫폼에 혼자 남겨졌습니다. 원하던 말은 듣지 못한 채.

침묵 속에 사라진 남자, 벤야민이 이레네를 다시 찾은 것은 무려 25년 만의 일이었습니다. 이레네는 본래의 약혼자와 오랜 결혼생활을 유지해오고 있었습니다. 부장검사였고요. 벤야민은 한 번 결혼을 했다가 헤어진 상태였죠. 돌아와 벤야민은 말했습니다. 25년 전의 그 살인사건을 소설로 쓰고 싶다고. 법으로 하지 못한 마무리를 글로 하고 싶었던 겁니다.

소설을 쓰기 위해 벤야민은 묻어둔 사건을 재조사했고 마음이 복잡했는지 종종 꿈을 꾸었습니다. 깨어나 수첩에 꿈의 내용을 메모했는데 어느 날엔 'temo'라고 적었죠. 두렵다는 뜻이었습니다. 힘든 기억과 마주해야 했지만 수사를 계속해나갔고 범인이 실종됐다는 사실을 알게 됩니다. 대체 언제 어떻게 왜 증발한 것일까. 범인의 흔적을 따라 벤야민은 피해자의 남편을 찾아갑니다. 도시 생활을 접고 홀로 시골에 살고 있었죠. 벤야민은 물었습니다.

"왜 다시 결혼하지 않았나요?"

피해자의 남편은 대답했습니다.

"나는 이미 결혼했고, 아내는 나의 유일한 사랑입니다."

25년 전 떠난 사랑을 그는 아직 떠나보내지 못했던 모양입니다. 범인은 그 시골집 창고에 갇혀 있었습니다. 세상이 벌하지 않으니 내가 내 사랑의 이름으로 벌해야 했노라고 남편은 말했습니다. 세상의 소문과 오해, 그리고 권력은 더러웠지만 그의 사랑과 믿음까지 더럽힐 수는 없었던 겁니다. 그 모든 이야기를 벤야민은 소설에 담았습니다. 이레네가 타이프라이터를 주었습니다. 25년 전 검사보 시절 그가 쓰던 것으로 알파벳 a가 찍히지 않았죠. 때문에 소설을 완성한 뒤 벤야민은 비어 있는 a를 일일이 손으로 적어 넣었습니다. 이어 꿈을 적은 수첩에도 a를 써넣었습니다. 'temo'에 'a'를 보태니 'te amo'가 되었습니다. 사랑한다는 뜻입니다. 두려움을 이기고 단 한 발만 내딛으면 사랑이 된다는 것을 벤야민은 알았습니다. 용기를 내어 이레네를 찾아갔습니다.

마침 소설 읽기를 끝낸 이레네는 벤야민이 왜 소설을 쓴 것인지, 오래 말하지 못했던 마음이 무엇인지, 이제 무엇을 말하려 하는지 알았습니다. 중요한 말을 할 때는 검사실 문을 닫는 것이 그들의 오래 습관이었습니다. 벤야민이 이야기를 시작하려 하자 이레네는 물었습니다.

"방문을 닫을까요?"

벤야민은 고개를 끄덕였고 방문을 닫고 돌아서며 이레네는 말했습니다.

"길고 힘든 싸움이 될 거예요."

힘들 거라 말하면서도 웃고 있었습니다. 아마 이레네는 이혼을 해야 할 것입니다. 두 사람을 둘러싼 세상은 시끄러워질 것이고요. 복잡하고 어려울 것을 알았지만 용기를 낼 수 있었던 것은 떨어져 있던 25년이 준 깨달음 때문이었을 겁니다. 정말로 원하는 것이 무엇인지 알았기 때문에 용기를 낼 수 있었겠죠. 오래 먼 길을 돌아왔지만 그들은 마침내 원하던 곳에 도달하였습니다.
'temo' 두려움에 a 하나를 보태니 'te amo' 사랑의 고백이 된다는 것이 제게는 큰 울림으로 다가왔습니다. 두려움을 이기고 한 발만 더 내딛으면 달라질 수 있다는 뜻 같아서 말이죠. 두렵더라도 단 한 발, 딱 한 발이면 됩니다.
두렵겠지만 자신이 가진 아픔과 고민이 무엇인지 말해야 한다 생각합니다. 어디가 아픈지 알아야 치료해줄 수 있고 안아줄 수 있고 다시 건드리지 않으려 노력하게 되니까요.
조금만 더 용기를 내서 두려움을 사랑으로 바꾼다면 좋겠습니다.

망설이고 머뭇거리며 그리움과 아픔 속에 있지 말고 한 발 더 내딛는 용기로 함께 있는 행복을 만나면 좋겠습니다.
저는 우리가 꼭 그랬으면 좋겠습니다.

사랑을 하면
세상이 컬러로 보인다

어느 날 여자는 남자를 보고 웃으며 말했다.

"사랑에 빠진 사람들은
자기도 모르게 핑크색을 좋아하게 된대."

근거 없는 이야기가 아닐까 했지만
다음 날 여자가 입고 나타난 핑크색 스웨터가
남자는 좋았다.
다음 날에는 작은 머리핀이었고,
또 다음 날에는 스카프.
여자의 소지품에서 핑크를 발견할 때마다
남자는 설레었고 무엇보다 안심이 되었다.

어떤 날에는 손에 들고 있는 볼펜이었고
어떤 날에는 노트였으며
어떤 날에는 립스틱.
숨은그림찾기를 하듯 숨어 있는 핑크,
숨어 있는 사랑을 찾아가며 즐거웠던 시간은
그러나 지나갔다.

언젠가부터 여자는 맨 처음 만날 때처럼
다시 무채색의 옷을 즐겨 입기 시작했다.
'사랑이 식은 것이 아니라 익숙해진 것뿐이야.'
남자는 스스로를 위로했으나
자주 불안했다.

검고 어두운 날이 꽤나 지나간 뒤
여자는
다시
또
핑크였다.

설레야 하는데 남자는 두려웠다.
그를 바라볼 때 여자의 시선은 따뜻하지 않았다.
그렇다면 누구일까.
여자에게 다시 핑크색 스카프를 매고
같은 색 립스틱을 바르게 만든 사람은.

혼자 오래 고민할 필요도 없었다.
벨이 울리고 이름 하나가 여자의 휴대전화에 떠올랐다.
순간 그녀의 얼굴은 봄 햇살처럼 빛났다.

남자는 여자를 보냈다.
보내놓고 한참이나
길 위에서 마주치는 핑크색을 볼 때면 아팠다.

이제 곧 4월.
벚꽃이 필 것이다.
길은 온통 핑크로 물들고,
떨어지는 꽃잎에도 마음이 베일 것이다.

'그래도 다행 아닐까.
봄의 꽃이란 빠르게 폈다가 서둘러 지는 것이니.'

스스로를 달래보았으나 위안이 되지 않았다.
남자는 또 아팠다.
한순간 활짝 피었다가 급하게 떨어지는 벚꽃이
꼭 그들의 인연을 닮은 것 같아서
남자는 봄으로부터 도망쳐
겨울로 숨어버리고 싶었다.

아팠다.

"사랑을 하면 세상이 컬러로 보인다."

영화 〈플레전트 빌〉의 카피입니다. 시작은 흑백이었어요. 사랑하는 사람들만 컬러가 되었죠. 볼이 발그레해지고 입술이 붉게 타오르고. 비슷한 시간을 모두가 겪을 거예요. 무심하게 지나치던 것들이 하나씩 의미를 가진 채 반짝거리다가 나중에는 피할 수가 없게 되죠. 한 사람 안의 추억에 둘러싸이게 되는 거예요. 그 사람은 이제 내 옆에 없는데 추억은 남아서 우리를 참 곤란하게 만들기도 하죠.
어른이 되어서 한동안 그림을 배운 적이 있어요. 일요일마다 반나절씩 스케치북을 펴놓고 색을 칠했죠. 눈이 예민해지자 세상이 예쁘게 보이기 시작했어요. 그제야 알게 된 거죠. 5월의 초록은 투명하고 6월의 초록은 두꺼운 느낌이며 아침의 공기는 투명하고 오후 4시의 햇살은 금빛을 띤다는 것. 눈앞의 풍경들이 오묘하고 풍성해졌어요. 세상에 그렇게 많은 색이 있는 줄 그제야 알았죠. 무척 신이 났습니다.
요즘은 그림을 그리지 않고 있습니다만 색이 얼마나 예쁜 것인지는 느끼며 살아가고 있어요. 눈이 훈련되었기 때문이죠. 흑백의 세상에서 컬러의 세상으로 나오던 순간을 기억하고 민감해진 채로 남아 있는 거예요.

핑크색을 볼 때마다 한동안 마음이 베이겠지만 이렇게 생각하기로 해요.
'이제 사랑이 얼마나 예쁜 것인지 제대로 알아보는 눈을 갖게 되었다' 라고.
너무 많이 생각하지 말아요. 좋은 눈을 가진 사람은 좋은 것들을 잘 찾아내게 마련이니까 앞으로 더 잘할 수 있을 거라고, 오늘은 거기까지만 생각하는 거예요.

두려움과

사랑은

한 글자 차이.

두려움을 이기고

한 발만 더 내딛으면

달라질 수 있어요.

사랑, 상실의 위험까지 끌어안는 일

오늘 여자는
자신의 집 현관문 비밀번호를 잊었다.
분명 자신의 집이고 매일 하는 일인데
간단한 비밀번호 네 자리가 기억나지 않아서
아파트 복도에 한참을 서 있었다.

아직은 이른 봄,
옷 속으로 스며드는 저녁 공기는
겨울과는 다른 방식으로 싸늘하여
냉정하게까지 느껴졌다.

숨을 고르다 다시 번호를 눌렀으나
여전히 열리지 않았다.
절망하는 사이로 하나의 이미지가 지나갔다.

그 사람이 웃고 있었다.
자신이 아닌,
다른 여자를 보면서.

오래 품어왔던 마음이고
혼자서였지만 사랑은 사랑이었는데.

그는 회사 옆자리 동료다.
덕분에 출근길이 즐거웠다.
아침이면 편의점에 들러
그에게 줄 우유를 사는 것도 좋았고
함께 점심을 먹고
그가 골라주는 커피를 마시는 시간이 행복했다.

언제나 친절했고, 잘 웃는 사람이었으나
오늘 그녀가 퇴근길 회사 앞에서 보았던 것은
자신이 알던 미소가 아니었다.
훨씬 따뜻했고 빛이 났다.
한눈에 봐도 사랑임을 알 수 있어 마음이 내려앉는데
남자의 팔이 곁에 있던 여자의 어깨 위로 올라갔다.

어떻게 집에 왔는지 모르겠다.
더 모르겠는 건 현관문의 비밀번호였다.
어째서인지 기억나지 않아
분명 내 집인데 들어갈 수가 없는 것이다.

종종 사랑은 그랬다.
방금 전까지도 분명 내 사람이었는데
이별의 말 한마디로 관계가 닫혀
다시는 들어갈 수가 없게 되는 것이다.

'가졌다가 잃는 것보다는 낫지 않은가.'
자신을 위로했지만 웃음은 나지 않았다.
차라리 처음부터 차가웠다면 좋았을 거라고
여자는 괜히 남자를 원망했었다.
아침까지만 해도 행복이었던 사람이
문득 슬픔이 되다니.

그 순간은,

봄인가 하면 다시 겨울인,
3월 초의 밤공기보다
훨씬 잔인했다.

영화 〈러브 액츄얼리〉에서 엠마 톰슨이 혼자 울던 장면을 기억합니다. 오래 잔영이 남았어요. 그녀는 하필이면 크리스마스에 남편이 다른 여자를 만나고 있다는 사실을 알게 됩니다. 보석을 샀다는 걸 알고 기대를 했는데 남편이 내민 선물, CD 한 장이었으니까요.
"당신이 좋아하는 노래잖아."
남편은 말했습니다. 가장 아끼던 음악이 커다란 슬픔이 되는 순간이었죠. 그러나 아이들이 있었기 때문에 엠마 톰슨은 슬픔을 들키지 않기로 합니다. 음악을 크게 틀어놓고 혼자 조금 울고는 씩씩한 엄마로 돌아갔어요. 흐르던 음악은 조니 미첼의 〈Both Sides Now〉.
'구름이 천사의 머리결인 거 같았고 크림으로 만든 성 같았는데, 아름다운 것인 줄로만 알았는데 해를 가리고 아무에게나 비와 눈을 뿌리네요. 해야 할 일이 많았는데 그 구름 때문에 마음대로 할 수가 없어요. 구름의 양쪽 면을 보게 되었습니다. 위에서도 보고 아래에서도 보다 보니 이젠 구름의 진실을 완전히 안다고 말을 못하겠어요. 사랑도 인생도 그 구름 같더라'는 내용이에요.
장면에 참 어울리는 음악이었죠. 달콤한가 하면 어느 순간 사랑은 우리의 심장 한복판을 찔러버리니까요.
그 노래를 틀고 울던 여자의 마음을 가끔 상상하곤 했습니다. 어째서 그랬냐고 묻는다면 사랑의 달콤함 속에는 항상 상실의 아픔이라는 칼날이 숨어 있다는 걸 알게 됐기 때문인지도 모르겠어요.

혼자 숨어서 우는 시간이 있었습니다.
'어떻게 나에게 이럴 수 있어'라고 상대를 원망하고 '왜 하필 나에게' 라며 운명을 탓하기도 하지만 어려운 시간을 통과한 뒤에는 다르게 생각하게 되었어요.
'사람이니까 변할 수 있지.'
'누구에게나 한 번은 일어나는 일이지.'
어른이 된다는 것은 아마 슬픔을 담담히 받아들이는 방법을 알게 되는 일인 것도 같습니다.
세상의 모든 것은 변합니다. 어쩌면 변하는 것은 자연스러운 일인데 사랑만은 변해서는 안 된다고 우리가 억지를 부리고 있는 것인지도 모르겠어요. 당황스럽고 아프겠지만 잔인한 현실을 받아들일 수밖에요. 혼자 품은 마음이니 원망조차 할 수 없어서 더 억울하고 쓸쓸하겠어요. 하지만 아픔을 통해 이런 생각을 한번 해보면 어떨까 싶어요. 많은 사람들이 상처받기 싫어서 사랑을 비밀로 합니다. 하지만 혼자 하는 사랑이라고 해서 안전한 것만은 아니라는 것을 이번 기회에 배웠잖아요.
그러니 다시 사랑을 한다면 말하고 행동하는 용기를 내게 되길.

너무 아픈 사랑은 사랑이 아니었음을

한 번에 두 사람을 사랑하는 것이 가능할까.
그렇다면 그것은 과연 진짜 사랑일까.

여자에게는 스무 살에 만난 연인이 있었다.
첫사랑이었는데 쉽지 않았다.
서툴렀고, 상처가 많았다.
문제가 생길 때마다 남자는 침묵했고,
여자는 혼자 그 마음을 헤아리다 지쳤다.

긴 겨울이 지나 꽃 피는 시간이 왔다.
세상은 아직 추웠으나,
기어이 꽃이 피는 기이한 계절.
여자는 그 남자를 만났다.
같은 꿈을 꾸는 사람이었다.
매주 두 번, 스터디 모임에서 그를 만났다.
같은 꿈을 꾸고 있을 뿐 아니라
같은 문제의식을 갖고 있음을 알았다.
대화가 깊어졌고, 힘이 났다.

언제부턴가 둘은 도서관에서 자주 마주쳤다.
어느 날 남자가 여자의 옆자리를 노크하며
여기 앉아도 되겠냐고 물었다.
함께하는 시간은 즐거웠고 도움이 되었다.
남자는 살뜰히 여자의 끼니를 챙겨주었고
밤새 요약한 노트를 빌려주기도 했다.
고마운 마음에 여자는 매일 아침 남자를 위해 커피를 샀다.
아침잠이 유난히 많던 여자였으나
일찍 일어나는 일이 하나도 힘들지 않았다.

그러다 어느 날, 이런 질문이 들었다
'이 감정의 이름은 무엇일까.'

그녀의 변화를 본래의 남자친구 또한 느꼈던 모양이다.
연락도 없이 도서관에 찾아와
나란히 앉은 그녀와 옆자리의 남자를 보고는
말없이 가버렸다.
몇 번이나 전화를 걸어도 받지 않더니
너의 감정부터 확실히 정리를 한 뒤에
연락을 하는 것이 좋겠다는 메시지를 보내왔다.

오해라고는 차마 말할 수 없었다.
변명이거나 거짓말일 테니까.

여자는 한참이나 자신의 감정에 대해 생각하는 중이다.
우정과 사랑의 경계는 어디일까.
어디서부터가 사랑일까.
두 사람 모두가 소중한데
한 번에 두 사람을 사랑하는 것이 가능한 일일까.

사랑은 하나, 라고 믿어왔다.
오래된 믿음에 따르면
둘 중 하나는 사랑이 아니거나
둘 다 사랑이 아닐 것이다.

혼란스러운 중에
도서관 옆자리 남자에게서 메시지가 왔다.
걱정해주는 말에 기운이 났다.
그러나 마음이 여전히 혼란 속에 있었으므로
여자는 두 사람 모두에게 답을 하지 않았다.

시간을 갖자.
어지러운 것이 가라앉으면 앞이 보일 것이다.
창문을 열자 맑은 공기가 들어왔다.
깊게 숨을 쉬는데 라디오에서 노래 하나가 흘러 나왔다.
김광석.
너무 아픈 사랑은 사랑이 아니었음을.

그러고 보니
오래전부터 좋아하던 노래였다.

다니엘 글라타우어의 소설 『일곱번째 파도』는 『새벽 세시, 바람이 부나요?』의 속편입니다. 전편에서 두 사람은 잘못 배달된 이메일로 마음이 엮입니다. 하루에도 몇 번씩 이메일을 주고받으며 서로의 취향과 생각, 비밀을 나눕니다. 생각이 많아져 잠들지 못하는 밤을 에미는 새벽 3시, 창가에 북풍이 분다고 표현했어요. 북풍의 밤이 찾아오면 레오가 갈피를 잃은 에미의 마음을 다독여주곤 했죠. 교류의 폭은 점점 넓어졌고 서로를 향하는 감정은 더욱 간절해졌지만 레오는 언제나 이렇게 말할 뿐이었습니다.

'나에게로 와요, 에미.'

레오는 다정했지만 조심성이 많고 이성이 앞서는 남자였습니다. 열정적이고 직관적인 에미와는 달랐죠. 애절했지만 끝끝내 만나지 못한 채로 1권은 마무리되고 맙니다. 두 사람은 헤어졌어요. 사실은 가정을 가지고 있다고 에미가 고백을 했거든요. '아내를 잃고 힘들어하는 한 남자를 만났다. 부서진 영혼을 안아주고 싶었다. 나로 인해 다시 반짝이는 그 남자를 보는 것이 좋았다. 사랑이라고 생각했지만 착각이었다. 여전히 남편을 존중하고 존경한다. 하지만 사랑과는 다른 것'이라고 에미는 말했습니다.

하지만 레오의 대답은 한결같았습니다.

'나에게로 와요, 에미.'

그뿐이었죠. 결국 두 사람은 연락을 끊었어요.

2년 뒤. 에미로부터 짧은 메일이 날아들면서 속편 『일곱번째 파도』는 시작됩니다. 다시 이야기들이 오고 갔어요.
레오는 말했습니다. 여자친구가 생겼다, 결혼을 할까 한다, 하지만 몇 가지 어려운 점이 있다.
에미는 잘 들어주었어요. 솔직한 조언도 덧붙였고요. 노력했지만 레오는 결혼하지 못했고 자신이 방황하는 이유 중에 에미가 있다는 것을 알게 되었죠. 감정은 점점 더 분명하고 절실해졌습니다. 더 이상 '나에게로 와요, 에미'라고 말하지 않고 '당신에게로 갈게요'라고 말하게 됐죠. 그제야 에미는 오래 말하지 않았던 중요한 사실 하나를 털어놓습니다. 실은 2년 전 이혼을 했다는 것이었죠. 그 사실을 왜 진작 말하지 않았던 것일까요. '시간을 갖자. 어지러운 것이 가라앉으면 앞이 보일 것이다.'
에미 역시 같은 마음이었을 겁니다. 분명해지는 때를 기다렸겠죠. 둘이 분명한 감정과 생각, 상황 속에서 만날 수 있는 순간을 기다렸을 겁니다. 둘은 마침내 만났고 제대로 하나가 되었어요. 『일곱번째 파도』라는 제목 안에는 기다림과 타이밍에 관한 암시가 들어 있습니다. 서퍼들은 일곱 번째 파도를 좋아한다고 합니다. 크고 멀리 나가기 때문이죠. 한 번에 멀리 나가기 위해서 그들은 기다립니다. 앞선 여섯 개의 파도가 제법 크고 훌륭해 보여도 함부로 움직이지 않죠.

명확해지는 순간이 올 겁니다.
행동은 그때 해도 늦지 않아요.

scene 4

그리워하고

사랑을 잊지 못하는 사람들을 위한
마음 다독임

중요한 것은
인생 전체의 사랑이다

어른이 된다는 것은
울고 싶을 때도 웃어야 하는 것이다.
어른이 된다는 것은
주저앉고 싶을 때조차도
중심을 잃지 않으려 애를 써야 하는 것이다.
어른이 된다는 것은
아직 사랑이 끝나지 않은 채로
남이 되어야 했던
옛 연인에게서
느닷없이 걸려온 전화를 받고도
아무렇지 않은 척
그날의 일을 다 해내야 하는 것이다.

오래전의 연인에게서 전화가 왔을 때
여자는 야근 중이었다.
낯선 번호였으나 낯선 목소리는 아니었다.
남자는 이름을 밝혔고
여자는 "오랜만이네"라고 답했다.
태연한 듯 그랬다.
먼저 등을 돌렸던 남자에게
약한 모습을 보이고 싶지 않았던 것이다.
일상의 인사가 간단하게 오고 갔다.
그뿐이었다.

전화번호를 저장하다가 여자는 보았다.
스마트폰 메신저에 떠오른 남자의 사진들.
그는 잘 지내고 있었다.

웃는 얼굴이 많았다.
그녀 이후 또 다른 좋은 사람이 있었으나
몇 달 전 헤어진 것 같았다.
이어지는 이별에도 그의 얼굴은 건강했다.
여전히 주말이면 자전거를 타고 강을 따라 달렸고
그때나 지금이나 친구가 많았다.
그녀가 없어도 그의 삶은 여전했고
또 한 번 사랑을 더 잃어도
그가 여전히 웃으며 살고 있다는 것이
이상하게도 무척 쓸쓸하게 느껴졌다.

여자는 시간에 쫓기는 중이었다.
퇴근 전에 마감해야 할 일이 많았다.
여자는 물 한 잔을 마시고 일로 돌아가며 생각했다.

어른이 된다는 건
순간의 감정은 서둘러 차가운 물 한 잔에 흘려보내고
다시 살아가야 하는 것이겠지.
어른이 된다는 것은 가슴 안에 이별을 쌓아가면서도
아무렇지도 않은 척 살아가는 일이겠지.
늦은 밤 집에 돌아오니 졸음이 밀려왔고
자신의 담담함에 여자는 좀 놀랐다.
예전이었다면 마음이 쓰여 밤새 뒤척였을 텐데.

잠이 달아나지 않도록 일기는 간단히 이렇게만 적었다.

'오늘 나는 조금 더 이별에 익숙해졌고
조금 더 어른이 되었다.'

영화 〈비포 미드나잇〉. 그리스식 만찬이 차려진 테이블에 여러 커플이 앉아 이야기를 나누는 장면이 나옵니다. 스무 살 청춘에서 백발의 노인까지 그들은 하나의 단어 '사랑'에 대해 이야기했습니다. 각자 다른 견해와 추억과 입장과 불만들을 갖고 있었죠. 만찬을 주최한 패트릭 할아버지는 무척 기품 있게 나이 드신 분이었는데 모두의 이야기를 귀 기울여 듣고는 먼저 간 아내에 대해서 이렇게 이야기했습니다.
"중요한 것은 인생 전체의 사랑이야."
영화를 보고 '어른이니까 할 수 있는 말이구나. 맞다. 사랑을 인생 전체의 총량으로 볼 필요가 있겠다' 생각했습니다. A를 만나고 헤어지고, 다시 B를 만나고 이별하고, 이어서 C를 만나는 동안 우리 안의 사랑은 죽었다가 다시 살아나는 것일까요. 죽지 않고 성숙되는 것이라 생각합니다. 커지고 깊어지는 것이라 생각합니다. 우리 안에 '사랑'이라는 이름을 가진 또 하나의 생명이 살고 있는 것입니다. 태풍이 부는 날에는 흔들리고, 가뭄이 드는 날에는 잎이 마르기도 하지만 계속해서 뿌리가 깊어지고 품이 넓어지는 나무처럼 사랑은 자라나겠지요. 종종 또다시 태풍과 가뭄을 만나겠지만 처음처럼 소란하지는 않게 과정을 통과해낼 수 있을 거예요. 담담함이란 성숙의 결과물. 차가운 물에 감정을 흘려보내고 다시 일상으로 돌아가는 그 마음을 안아주고 싶네요.

과거에 묶이지 않고 단단하게 앞을 향해 나아가면서 우리 같이 기억하기로 해요.
하나의 인연은 끝이 났지만 우리 안의 사랑은 계속 성장하고 있다는 것.
아름답게 잘 키워서 우리에게도 언젠가 영화 속 할아버지처럼
"중요한 것은 인생 전체의 사랑이야"라며 깊고 인자한 미소를 지을 날, 오기를 바라요.

우리가 지금 여기서 만나고 헤어진 진짜 이유

아침이면 그녀는 전화를 걸어
지난밤에 꾸었던 꿈 이야기를 들려주곤 했다.

말레이시아에는
'꿈의 부족'이라 불리는 사람들이 있단다.
그들은 여럿이 아침 식탁에 모여앉아
지난밤에 꾸었던 꿈 이야기를 하는데
네가 이러저러해서 그 꿈을 꾸었나보다 하며
서로 해석을 해주곤 한단다.

서로의 숨겨진 마음과 생각에 관심을 갖기 때문인지
행복지수가 무척 높은 사람들이라고 했다.

그들이 가장 좋아하는 것은 하늘을 나는 꿈이라고 했다.
'성장하고 있다, 어른이 되었다'는 뜻이므로
그 꿈을 꾸고 난 다음 날엔 다들 함께 축하를 해준단다.
그녀가 들려준 이야기다.

사랑해서 닮아간 탓일까.
여자를 사랑하고서부터
남자 또한 생생하고 여운이 길게 남는 꿈을 종종 꾸었는데
어느 겨울밤,
남자는 꿈속에서 여자와 열대의 바닷가를 함께 걸었다.
해가 지고 있었고 맨발이었으며 발아래 모래는 따뜻했다.
잠에서 깨어 '꿈이지만 행복했다' 웃고 있을 때
여자에게서 메시지가 날아왔다.

"꿈에 당신과 함께 해가 지는 바닷가를 걸었어"라고 했다.
우리 같은 꿈을 꾸었구나, 하고 답을 했더니
여자가 다시 메시지를 보내왔다.

"꿈에서 누군가를 만나는 건 서로 그리워하기 때문이래."

남자는 생각했다.
하루가 멀다 하고 만나면서도
우리는 서로를 그리워하는 것일까.
어쩌면 그때 정말로 그리웠던 것은
사랑이 반짝이던 맨 처음이었는지도 모르겠다.

멀어진 마음을 확인한 것은
그로부터 얼마 되지 않은 다음이었다.
결국 둘은 헤어졌고
그러곤 꽤 시간이 지났다.

이젠 꿈에서도 만나지지 않는 것을 보니
우리 서로 그립지조차 않은가 보다 했다.
그런데 어젯밤 꿈에 남자는 여자를 보았다.

뒷모습이었고 멀어지고 있었다.
두 사람 사이에는 빨간색의 가늘고 긴 끈이 연결되어 있었는데
끈이 끊어질까봐 부지런히 따라갔지만
거리는 좁혀지지 않았다.
여자는 사막의 신기루처럼 눈에 보이지만 거기 있지는 않았다.
결국 지쳤고 멈춰 서자 끈이 끊어졌다.
여자는 사라졌고
남자는 혼자 남았다.

잠에서 깨어 남자는 알았다.
미련까지 다 놓고 완전히 보낼 때가 된 것이다.

평소와 다를 것 없던 하루.
그저 가느다란 미련 하나 놓았을 뿐인데
마음이 잠잠하고 한결 편안했다.
잠자리에 들며 남자는 생각했다.

'어쩌면 오늘 밤엔 하늘을 나는 꿈을 꾸게 될지도 모르겠다.'

〈카페 드 플로르〉는 전생에 관한 영화입니다. 배경은 1969년의 파리와 현대의 몬트리올.
먼저 현대의 몬트리올. 검은 머리의 남자와 여자가 사랑을 했습니다. 아주 어린 나이부터 서로에게 빠졌고 일찌감치 결혼을 했습니다. 다정하게 잘 살고 있는 두 사람 앞에 금발의 젊은 여자가 나타났습니다. 검은 머리의 남자는 금발의 여자를 파티장에서 만났습니다. 끌림을 느꼈지만 가정이 있었으므로 스쳐 지났는데 다시 만나게 된 것은 아내 때문이었습니다. 아버님을 모시고 알코올 중독 클리닉에 가라고 강권하는 바람에 거기서 다시 금발의 여인을 마주치고 말았습니다. 두 번째의 끌림은 외면할 수 없었죠. 가정이 깨지고 말았습니다.
검은 머리의 아내는 괴로웠습니다. 남편이 자신의 모든 것이었는데 다른 여자를 사랑하게 되다니. 죽고 싶을 만큼 괴로웠지만 이미 시작된 사랑을 막을 수는 없었습니다. 결국 이혼을 했지만 너무 괴로웠던 탓인지 매일 같은 꿈을 꾸었습니다. 똑같은 장면이 반복되었어요. 여자가 운전을 하고 있는데 뒷자리에 남자 꼬마가 앉아 일그러진 얼굴로 비명을 지르고 있었습니다. 멈춰지지 않는 꿈이 힘들어서 여자는 전생을 읽는 사람을 찾아갑니다. 거기서 놀라운 이야기를 듣게 돼요. 남편이 전생에 그녀 아들이었다는 겁니다.

이어 영화는 1969년 파리. 두 사람의 전생을 보여줍니다. 다운증후군의 아이가 태어났어요. 엄마는 아들을 장애아로 키우고 싶지 않아 보통의 학교에 입학시켰는데 어느 날 똑같은 장애를 가진 금발의 소녀가 전학을 왔습니다. 소년과 소녀는 마주 서는 순간 서로에게 깊이 빠져들었습니다. 다운증후군의 아이들은 감정적으로 무척 조숙하고 애정 표현에 거침이 없기 때문에 두 아이는 언제나 꼭 붙어 있었습니다. 샴쌍둥이처럼요. 때문에 두 배 이상의 편견에 시달리게 되어 특수학교로의 전학을 권유받습니다. 소년의 어머니는 반대했어요. 보통의 아이로 키우고 싶어 얼마나 노력을 했는데 느닷없이 등장한 쪼그만 여자아이 때문에 그동안의 노력이 수포로 돌아가다니, 받아들일 수 없었습니다.
거부하는 이유 중에는 아들에 대한 독점욕도 있었어요. 보통 아이로 키우겠다는 집착 때문에 남편마저 떠난 후였으니 집착은 당연한 것인지도 몰랐습니다. 삶의 전부인 아들을 작은 소녀에게 양보할 수 없어서 엄마는 안간힘을 썼습니다만 소용없었습니다. 아들이 존재를 다 걸고 소녀를 원했으니까요. 엄마는 포기했습니다. 현실을 인정하고 소년과 소녀를 특수학교로 데려다주던 날 교통사고가 나서 세 사람이 동시에 죽고 말았습니다.

그러곤 몬트리올에서 셋이 나란히 환생, 또다시 인연이 얽혔던 겁니다. 못 다한 사랑을 마음껏 나누기 위하여 전생의 모자는 부부로 태어났습니다. 행복하였지만 이번에도 해피엔딩은 아니었어요. 역시나 못 다한 사랑을 하기 위해 금발의 소녀가 나타났으니까요. 인연의 얽힘이 얼마나 오묘한 것인가를 깨닫고 검은 머리의 여자는 남편의 재혼을 축복해주기로 하였습니다.

카르마라고 하는 것이 정말로 있는지 저로서는 알 수 없습니다만 인연에는 분명 사람의 힘으로 되지 않는 것들이 있는 듯합니다. 받아들이기 어렵지만 받아들여야 하는 부분이 있고 억지를 써봐야 달라지지 않는 부분도 있습니다.

돌아서는 그 사람의 뒷모습에서 이별이 오고 있고 막을 수 없다는 것을 느낄 때, 다른 사람의 손을 잡은 그를 보면서 억지를 부려도 끊어놓을 수 없고 이제는 더 이상 내 사람이 아니라는 것을 인정해야 할 때, 저는 〈카페 드 플로르〉를 기억합니다. 억지를 부리면 다음 생에도 또 그 독한 인연에 묶이게 될지도 모르니까, 어렵지만 '놓고 흘러가는 연습'을 합니다.

'손에 잡은 것을 놓지 않으면
좋은 것이 다가와도 잡을 수 없으니까'라고
나 자신을 타이르면서.

미련을 놓고 가는 그 길 위에
새롭고 다정하며 깊은 인연이 깃들기를 바라면서.

어렵지만 '놓고 흘러가는 연습'을 합니다.

손에 잡은 것을 놓지 않으면

좋은 것이 다가와도 잡을 수 없으니까요.

다음에 오는
사랑에게 나침반이 된 사람

여자는 지난 주말 동쪽 바다에 다녀왔다.
그 사람과 자주 가던 바다를
이제는 웃으면서 볼 수도 있을 것 같아서였다.
동해안 7번 국도를 따라 달리다가
여자가 차를 멈춘 곳은 커다란 나침반이 있는 곳.

둘이 함께였던 날,
남자는 여자에게 나침반을 들여다보라며 말해주었다.

"여기서 보면 바다가 완전하게 동쪽이라서
저 아래쪽 포구를 '정동진'이라고 부르게 되었대."

남자는 여자에게 한참이나 나침반 같은 사람이었다.
어디로 가야 할지를 알려주는 사람.

본래 길눈이 어두웠던 여자는 남자를 잃고 난 뒤로는
더더욱 자주 길을 잃었고
낯선 길 위를 헤맬 때는 떠나간 사람을 원망하기도 했다.

그러다 스스로 길을 찾는 법을 배운 것은
고마웠던 사람을 더 이상 미워하지 않기 위해서였다.
고마운 사람을 고마운 사람으로 간직하기 위하여.

그리고 마침내,
둘이 함께 가던 동해안 7번 국도를
여자가 혼자 찾아갈 수 있게 되었을 때
나침반 앞에 서서 여자는 미안하고, 아쉬웠다.

늘 길을 잃는 여자 때문에 남자는 때로 답답하고,
자주 걱정했을 것이다.
일상에서뿐만 아니라 사랑 속에서도 그랬으니까.
혼자 설 수 있을 때, 더 현명해진 다음에 만났더라면
남자 혼자 인연의 무게를 감당하지 않아도 괜찮았을 텐데.

돌아와 여자는 하루하루를 더 부지런히 살았다.
길을 가르쳐주고, 사랑을 가르쳐준 그 사람에게 감사하며.

그렇게 여자에게 지나간 사랑은

고마운 나침반이 되었다.

영화 〈웰컴〉에는 10대의 사랑과 중년의 사랑이 나옵니다. 아내를 잃고 상실감에 시달리고 있는 중년의 시몬은 전직 국가대표 수영 선수입니다. 지금은 동네의 작은 수영장에서 강사로 일을 하고 있죠. 그런데 어느 날 열일곱 살 쿠르드 청년 비랄이 시몬을 찾아옵니다. 영국으로 떠난 연인을 만나기 위해 4천 킬로미터나 되는 사막을 걸어 프랑스까지 왔다고 했죠. 육로로 밀입국을 하려가다 경찰에게 발각되어 강제 추방당할 지경에 이르렀으나 비랄은 포기하지 않고 시몬을 찾아왔습니다. 수영을 배워서 도버해협을 건너겠다 했죠.

말도 안 되는 일이라고 생각했지만 그래도 시몬이 비랄을 도왔던 것은 아내의 마음을 돌리기 위해서였습니다. 그녀는 불법체류자들을 돕는 사회운동가였습니다. 그녀는 늘 소외당한 사람들의 삶에는 무관심한 채 개인적이고 이기적으로 살아가고 있다고 시몬을 비난했었죠. 시작은 순수하지 않았으나 비랄과 함께하는 시간을 통해 시몬은 사랑의 다른 단계를 배우게 됩니다. 쿠르드 청년 비랄에게는 오직 연인과 함께 있는 것만이 목표였습니다. 프랑스와 영국 사이, 비랄은 35.4킬로미터나 되는 바다를 건너야 했습니다. 조류가 밀려오고 끊임없이 파도가 치는 겨울의 바다를 말입니다. 한겨울 칼레의 회색빛 바다는 냉정하고 쓸쓸하기 그지없었습니다만 비랄은 뛰어들고 또 뛰어들었습니다. 불가능하다고 말려도 멈추지 않아 시몬은 결국 온 마음을 다하여 비랄을 응원하게 됩니다.

하지만 소용없었어요. 현실은 열일곱의 생각처럼 간단하지 않았습니다. 사랑만으로 되지 않았죠. 비랄은 차가운 바다에서 죽었어요. 거의 다 갔는데, 영국이 바로 코앞이었는데 경찰에게 걸리고 말았습니다. 잡히지 않기 위해 바다의 너무 깊은 곳까지 들어가버려서 구할 수가 없었습니다. 시몬은 비랄의 유품을 여자친구에게 전해주기 위해 영국으로 건너갔어요. 남의 일에는 아주 조금도 관심이 없던 사람이었는데 말이죠.

덕분에 잃어버렸으나 간절히 원하던 아내를 되찾을 수 있었습니다. 이전에 시몬의 사랑은 '있던 자리에서 자신을 바꾸지 않은 채로 상대를 소유하려던 욕심'이었으나 비랄과의 만남을 통해서 알게 되었거든요. 사랑이란 상대를 향해 가려는 노력이라는 것을요.

아내의 세상을 향해 시몬은 한 걸음 한 걸음 걸어가기 시작했습니다. 막 수영을 배운 꼬마처럼 서툴렀지만 멈추지 않았어요. 그리하여 결국 돌아섰던 아내는 고개를 돌려 시몬을 보기 시작했고, 두 마음은 만날 수 있었습니다.

하나의 사랑이 다음에 오는 사랑을 이끌곤 합니다. 소년의 사랑이 중년의 사랑을 일깨우기도 하고, 끝나버린 사랑이 다음에 오는 사랑을 이끌기도 하고요. 중요한 것은 메시지를 읽으려는 노력이라고 생각해요. 무엇을 남겼고 가르쳐주었는가, 지나간 사랑을 돌아보고 간직하는 과정을 통해 조금 더 성숙한 다음 단계로 우리 함께 나아갈 수 있으면 좋겠어요.

한 번에 두 사람을
사랑할 수 있을까

사랑은 소유일까.
사람이 사람을 소유할 수 있을까.
그것은 1대 1의 소유일까.

남자는 오래 이런 생각 속에 있었다.
사랑하는 사람이 있었지만
그녀를 모두 가질 수 없었기 때문이었다.

사랑이 선착순이던가.
늦게 도착한 것이 죄도 아닌데,
먼저 만난 사람이 있다고 해서
그녀를 욕심내서는 안 된다니.

억울했지만 어쩔 수 없었다.
그것이 세상이 정해놓은 규칙이었으니까.
혼자 마음 안에 품고 말하지 않는 수밖에.

처음엔 달콤하기도 했다.
하지만 비밀이 아름다운 시간은 오래가지 않았다.
말하지 못하는 사랑이란 구름과 같다.
점점 무거워져 결국 비가 되어 내린다.
어떻게 해도 감춰지지 않았다.

여자가 던지는 사소한 말에도
남자의 마음은 흔들거렸다.
여자가 연인의 곁에서 웃는 것을 보면 힘들어졌다.
사랑에 빠진 남자라면 누구나 그렇듯
남자는 여자를 행복하게 만들어주고 싶었다.

그러지는 못할망정
사랑하는 여자가 행복해하는 모습을 보며
마음 아파하다니 자신이 작고 못나게 느껴졌다.

가장 어려운 것은 그녀가 늦은 밤 전화를 걸어
사랑이란 얼마나 어려운 것이며
끝나지 않는 숙제인가에 관해 이야기하며
한숨을 쉴 때였다.

내가 만약 그녀의 남자친구라면 자꾸 웃게 해줄 텐데.
그녀의 꽃병에 꽃이 시들지 않도록 해줄 텐데.
적어도 이토록 늦은 밤,
다른 남자에게 전화를 걸어
답도 없는 이야기를 늘어놓으며 한숨 짓게 하지는 않았을 텐데
그저 들어주는 것밖에는 할 수 없다니.

가장 아픈 것은 전화를 끊는 순간이었다.

"네가 있어서 참 좋다. 고마워."

여자의 짧은 그 인사가 남자에게는
얼마나 오래 여운을 남기는지,
희망이 되고 아픔이 되는지 여자는 모를 것이었다.

더 아픈 것은 그래놓고도 다음 날
연인과 다정한 그녀를 보는 것이었다.
어제의 그 길고 긴 전화 통화는 없었던 것처럼,
혹시나 나에게도 차례가 오는 것은 아닐까
작은 희망을 품게 하던 그 시간은 세상에 없었던 것처럼,

오늘 그녀는 연인 곁에서
해바라기처럼 웃고 있었다.

무거워진 구름이 비를 뿌리듯
마음이 젖어 남자는 생각했다.

'반쪽만 갖는 것은 전부를 잃는 것보다 더 나쁘다.'

그것이 사랑이었다.
바보처럼 이제 알았다.

"당신을 잃느니 반쪽이라도 갖겠어."

영화 〈글루미 선데이〉의 대사입니다.

주인공 자보와 그의 연인 일로나는 레스토랑을 오픈하고 피아노 연주를 해줄 사람을 찾고 있었어요. 안드라스라는 매력적인 피아니스트가 고용되면서 세 사람의 기묘한 인연은 시작됩니다. 일로나는 두 남자 사이에 있었습니다. 한 남자는 안정적이었고, 한 남자는 열정적이었죠. 대부분의 삼각관계에는 순위가 정해져 있게 마련입니다.

공식적으로 진행되는 1순위의 관계와 비밀리에 진행되는 2순위의 관계. 하지만 세 사람은 달랐습니다. 서로를 인정하는 공생의 관계라고 해야 할까요. 세 사람이 나란히 누워 행복한 표정을 짓고 있는 영화의 스틸 컷을 보았을 거예요. 그러나 평화는 영원하지 않았습니다. 기묘한 사랑 속에서 안드라스는 〈글루미 선데이〉라는 음악을 만들었습니다. 아름다운 곡이었지만 듣는 사람을 죽음으로 몰아갔습니다. 듣다가 자살하는 사람들이 늘어나더니 결국은 세 사람까지도 파멸로 몰고갔어요.

이루지 못할 사랑이 찾아올 때가 있습니다. 편안하지 못한 사랑이 찾아올 때도 있고요. 상처를 감내하며 끌어안아야 하는 관계도 있습니다. 원하지 않아도 마음이 그리로 흘러갔다고들 말하지만 비슷한 관계를 반복적으로 선택하게 된다거나, 오래 지속하고 있다면, 정말로 사랑인지 가만히 자신을 들여다볼 필요가 있어요. 잔인하거나 이해가 부족한 것으로 들릴지도 모르지만 이런 질문을 던져볼 필요가 있습니다.

'비련의 주인공이 된 자신의 상태를 즐기고 있는 것은 아닐까?'
종종 아픔과 사랑을 동일시하는 사람을 만나곤 합니다. 물론 사랑은 때로 아픕니다. 하지만 아픔을 주는 동시에 즐거움과 에너지를 주기 때문에 사랑을 지속할 수 있는 것이라 생각합니다. 부등호의 문제라고 할까요? 아픔만 준다면 멈추게 됩니다. 멈춰야 하고요. 상처 받은 자신을 연민하면서 '이렇게 아프다니 정말 내가 그 사람을 많이 사랑하는구나' 하고 오해해서는 안 돼요.
라틴어로 사랑은 'amor'. 어원으로 보았을 때 a는 저항한다는 뜻이고, mor는 죽음을 뜻한다고 했습니다.
살아 있기 위하여 우리는 사랑을 합니다. 사랑이 삶의 이유가 되기를 바랍니다. 죽음과 아픔의 이유가 되지 않기를 바랍니다. 우리는 우리 자신을 아프지 않게 보호할 의무가 있어요. 아픈 관계를 지속하며 스스로를 상처 내놓고 진짜로 사랑이 왔을 때 '아플까봐 겁이 나서 시작도 못하겠다' 이렇게 되지 않도록 자기 자신을 소중히 해준다면 좋겠어요.
죽음에 저항하여 우리를 빛나는 삶으로 이끌어가는 것.

'내가 이렇게 멋진 사람이었구나.'
'사는 것이 이렇게 아름다운 것이었구나.'
이렇게 생각하며 가슴 뿌듯하게 즐거운 것.
궁극적으로 사랑은 그런 것이어야 한다고 생각합니다.

우리는 살아 있기 위해

사랑을 합니다.

사랑은 삶의 이유가 되어야 합니다.

나에게는 보호였으나
그에게는 구속이었던

새해 첫날,

남자는 동물원에 갔다.
왜인지는 모르겠다.
아침에 눈을 뜨니
그냥 그곳이 생각났을 뿐이다.
남자는 언제나 계획 속에 있는 사람으로
즉흥적으로 움직이는 법이 없었는데
그날은 웬일로 그렇게 했다.

예상했던 것보다 사람이 적었던 것은
아마 추운 날씨 탓이었을 거다.
사방이 하얗고 또 고요하여
오직 눈을 밟는 자신의 발소리만 남자를 따라왔다.

그제야 남자는 왜 마음이 자신을
이리로 이끌었는지 깨닫고 당황했다.
1년 전 겨울에도 남자는 이곳에 왔었다.
역시나 눈이 많이 내린 다음 날이었지만,
그때는 혼자가 아니었다.

그 여자는 남자를 따라 걸었다.
정확히 말하면 남자의 발자국을 따라 걸었다.
발이 제법 깊이 빠지는 눈길.
남자의 발자국 위로 여자의 발자국이 포개졌다.
그것은 아빠와 어린 딸이 만들어내는 풍경을 닮아 있어
남자는 여자의 보호자가 된 듯 뿌듯했다.

아이처럼 동물을 좋아하던 여자였다.
아이처럼 남자에게 기대오던 여자였다.
아이처럼 추운 날엔 핫초콜릿을 즐겨 마시던 여자였다.

그날도 여자는 핫초콜릿을 후후 불어 마시다가
"당신의 커다란 발이 좋아요" 하고 말했다.
계절이 두 번 더 바뀔 때까지 그들은 다정했고,
여자는 여전히 아이 같았으며
덕분에 남자는 아빠처럼 의젓해졌다.

평생 곁에서 보호해주고 싶다 생각했는데
어느 가을날 여자는 답답하다며 남자를 떠났다.
남자는 결별의 이유를 머리로는 애써 납득했으나
마음으로는 받아들일 수 없어 힘이 들었다.
어떤 날엔 이별 자체보다도
'이유를 이해할 수 없음'이 더 힘들게 느껴졌다.

동물들은 한파를 피해 실내로 옮겨져 있었다.
어느 건물 유리벽 너머에 오랑우탄 한 마리가 붙어 앉아
창밖의 설경을 보고 있었다.
들어서니 인기척을 느꼈는지
빨간 공을 타고는 남자에게로 다가왔다.
'혼자서도 재밌게 노는구나' 했는데 눈길이 마주치자
이유는 모르겠지만 참 쓸쓸한 표정이라 느꼈다.

이어 남자의 가슴에 슬픔이 차올랐다.

떠나간 여자의 마음이 남자의 가슴 안으로 들어왔기 때문이다.

안전했다. 춥지도 않고 배고프지도 않았다,
하지만 갇혀 있었던 것이다.
남자에게는 보호였으나, 여자에게는 구속이었던 것이다.

그제야 남자는 깨달았다.
남자는 자기 자신을 위하여 사랑을 했던 것이다.
자신이 주고 싶은 것을 여자에게 주었다.
정말로 주어야 했던 것은 여자가 필요로 하는 것이었는데.

헤어질 무렵 여자의 눈길이 왜 그토록 쓸쓸했는지 깨닫고
남자는 먼 하늘을 보며 '미안하다' 했다.
너무 늦은 사과의 말이
하얀 입김을 따라 공기 중으로 퍼졌고

이렇게 또 한 사람,
눈길 위에서 사랑을 배웠다.

영화 〈러스트 앤 본〉에는 참으로 쓸쓸한 눈빛을 한 여자 하나가 등장합니다. 배우는 마리옹 꼬띠아르. 〈라 비 앙 로즈〉라든가 〈인셉션〉 〈미드나잇 인 파리〉 등에서 좋은 연기를 보여주었죠. 〈러스트 앤 본〉에서는 돌고래 조련사 스테파니 역할을 맡았습니다.
쇼를 하던 중이었는데 사고가 일어났어요. 돌고래가 스테파니를 덮쳤습니다. 무대가 무너졌고 그녀는 기절했습니다. 깨어보니 양쪽 무릎 아래 다리가 없었죠. 젊은 여자에게 다리를 잃는다는 것은 아주 많은 것에 대한 상실을 의미했습니다. 스테파니는 절규했고 자살을 기도했어요. 정상적인 생활은 불가능해졌고 직업을 잃었으며, 연인 또한 떠나갔습니다. 아름다운 여자였는데 한순간 아무도 봐주지 않는 여자가 되고 만 것입니다. 바닥까지 떨어진 스테파니가 찾은 것은 알리였어요.

남자 주인공 알리는 삼류 복서였습니다. 책임감과는 거리가 먼 인생을 살아왔죠. 오직 본능에 충실했는데 갑자기 아들을 떠안게 되는 바람에 일을 구해야 했습니다. 그가 클럽 경호원으로 일을 시작하던 날, 스테파니를 처음 보았어요. 그녀가 싸움에 휘말린 것을 알리가 구해주었죠. 집까지 바래다주고 무슨 일이 있으면 연락하라며 전화번호를 주었는데 정말로 연락이 온 것입니다. 알리는 그녀의 사고 소식을 뉴스를 통해 알고 있었어요.
다시 만난 스테파니는 엉망이었습니다. 제대로 씻지 못해 몸에서는 냄새가 났고 당당하던 모습 또한 사라졌죠. 알리는 외출을 제안했고 사고 이후 처음으로 스테파니는 햇빛 아래로 나갔습니다. 오랜만에 맑은 바람을 쐬니 좋았어요. 게다가 길 옆은 바다였죠. 알리는 아무렇지도 않게 말했습니다.

"수영할래요?"
스테파니는 고개를 저었습니다.
알리는 또 아무렇지도 않게 말했어요.
"난 수영하고 올게요."
배려 같은 것은 없었습니다.
기다리다가 스테파니도 마음이 변했어요.
알리를 소리쳐 부르고는 말했죠.
"나도 바다에 들어가야겠어요."

알리는 또 별다른 말없이 그녀를 업고 바다로 첨벙첨벙 걸어 들어갔어요. 영화 포스터에 있는 장면이죠. 스테파니는 금세 물에 적응했습니다. 더 깊은 곳을 향해 헤엄쳐 가기 시작했는데 수평선 너머에는 태양이 빛나고 있어 보는 사람들도 이제 그녀가 희망을 향해 가게 될 것을 느낄 수 있었죠.
정말로 스테파니는 달라졌습니다. 의족을 맞추고, 걷는 연습을 시작했어요. 치장을 하기 시작했고, 알리와 함께라면 외출을 겁내지 않았습니다. 둘은 같이 잠도 잤어요. 스테파니는 그것이 사랑인 줄 알았죠. 하지만 알리에겐 본능이었다는 걸 알고 당황합니다. 좀 화를 내기는 했지만 길게 화를 내지는 않았어요. 대신 타투를 하러 가서는 '왼쪽' 허벅지에 왼쪽이라고 새겼어요. '오른쪽 허벅지에는 '오른쪽'이라고 새겼고요. 아플 텐데 신음 소리도 내지 않아서 숭고해 보이기까지 하던 장면이었습니다. 중심과 방향을 잃지 않겠다는 뜻처럼 느껴졌어요. 자신만의 나침반을 몸에 새기는 거죠. 그녀가 새긴 나침반은 무엇을 향해 있었을까요?

스테파니는 알리의 삶을 규제하지 않았습니다. 어리석은 짓을 하든, 기대를 배반하든 그대로 두었죠. 책임감은 하루아침에 생기는 것이 아니었어요. 그녀가 한 것은 오직 응원이었죠. 알리는 양육비를 벌기 위해서 도박성의 뒷골목 복싱을 했는데 스테파니는 예쁘게 차려입고 가서 열심히 응원을 했습니다. 같이 아파하고 함께 기뻐했어요. 알리가 마음을 아프게 했을 땐 조금 화를 내기도 했지만 그를 바꾸려고 하지 않았어요. 조용히 있었습니다. 사실은 조용히 멀어졌어요. 겨우 찾은 희망이고 인생의 의미인데 얼마나 어려운 일이었겠어요. 하지만 사랑도 책임도 강요해서 알아지는 것이 아니니까요.

둘은 멀리 있게 되었습니다. 하지만 함께하는 시간을 통해 알리는 말없이 책임감을 배워가고 있었던 모양입니다. 아들에게 좋은 아빠 노릇을 하고 싶어져서 겨울날 함께 소풍을 갔는데 잠시 눈을 돌린 사이 아이가 얼음 호수에 빠지고 말았습니다. 겨우 구해내었는데 깨어나지 않았어요. 이틀이나 혼수상태에 있던 아이가 깨어났을 때 알리는 스테파니와 통화를 합니다. 속상한 마음을 털어놓던 끝에 울음을 터뜨리며 알리는 문득 이렇게 말합니다.

"사랑해요(Je t'aime)."
자기도 모르게 말이 되어 나오는 사랑이 있는 법이죠. 그것은 격하게 터져나오는 고백인 동시에 깨달음이었을 겁니다. 말하는 순간 '이것이 정말 사랑이었구나' 스스로 깨달아지는 종류의 고백 말입니다.
알리는 달라졌어요. 책임을 배웠으며 다정해졌죠. 스테파니와 알리, 그리고 알리의 아들이 함께 있는 따뜻한 장면이 흐르며 영화는 끝이 났습니다.
사랑인 줄 알았고, 보호인 줄 알았는데 상대에게는 구속이었다는 것을 깨닫고, 먼 하늘을 보며 미안하다고 말하는 이야기 속의 남자분에게 영화 〈러스트 앤 본〉에 관해 이야기한 것은 '앞으로는 스테파니처럼 해라, 사랑한다면 인정하고 자유롭게 놓아주라'고 말하고 싶어서만은 아니었습니다.
'이것이 모두 과정'이라는 말을 하고 싶어서였어요. 나침반마저도 흔들리면서 방향을 잡아가지 않던가요. 방황하고 바보같이 굴면서 우리도 알리처럼 배우게 될 거예요. 그 과정을 통해 정말로 고마운 사람이 누군지 깨닫게 되고, 소중히 여기는 법을 알게 되겠죠.

그러니까 우리 '미안한 마음'을 잘 기억하기로 해요.
스테파니가 허벅지에 새겼던 왼쪽, 오른쪽이라는 단어처럼 '미안한 마음에 대한 기억'이 더 좋은 사랑, 현명한 관계로 가는 길을 우리에게 알려줄 테니까요.

이토록 뜨거운 순간,
그 너머

때론 가장 사랑했던 것이
가장 큰 아픔을 남기기도 한다.

남자는 여자의 눈을 좋아했다.
커다랗고 완전하게 열려 있는 느낌의 눈이었다.
눈동자 색이 유난히 엷어서
햇빛 좋은 날에는 곧잘 눈물을 흘리던 여자였다.
그래서 남자는 여자에게 자주 선글라스를 선물했고
흐린 날과 비 오는 날을 즐거워하게 되었다.
좋아하는 여자의 눈을 마음껏 볼 수 있기 때문이었다.

그녀를 만나기 이전에는
하늘이 흐리면 기분까지 흐려지던 남자였다.
여자를 만나고 좋아하게 된 것들이 더 있었는데
예를 들면 꼼짝도 않고 앉아 있는 조용한 시간 같은 것이었다.
"눈을 깜빡거리는 소리가 들리는 것 같아."
남자가 농담을 하면 여자는 작게 웃었다.

깔끔하고 야무지게 생긴 여자였으나
눈가만은 허술하여 좋았다.
감정이 고스란히 드러났다.
숨겨지지 않았다.
말이 많지 않은 사람이었지만
내가 모르는 마음을 품고 있는 것은 아닐까
조바심 내지 않아도 되었다.

늘 그녀의 솔직한 눈이 좋았다.

그 햇살 좋던 날을 제외한다면.

창가에 나란히 앉아 있었는데
여자의 눈에서 눈물이 떨어졌다.
태양이 뜨거운 여름날이었다.
여자는 서둘러 선글라스를 꺼내 썼지만
눈물은 그 아래로 그치지 않고 흘렀다.
그렇게 이별은 시작되었다.
눈을 통해 다 볼 수 있다고 생각했던 건
남자의 착각이었던가 보다.
여자가 말한 이별의 이유라든가 섭섭함 같은 것은
남자가 눈치채지 못했던 것들이었다.

이별하고 시간이 꽤 흘러
아프지 않게 추억할 수 있으니
이제 됐구나 싶었는데
길에서 여자를 보았다.

마주 서는 순간 더 보고 싶어지는 사람이었다.
보고 싶은 마음은 사라진 게 아니었다.
눌러둔 것이었다.
울컥하는 감정을 숨기고 애써 밝게 인사를 건넸다.
여자 또한 밝은 목소리였다.
가볍게 안부를 묻고 둘은 다시 멀어졌다.
선글라스를 벗지 않아 그리운 눈매는 볼 수 없었다.

그 눈은 오늘 어떤 이야기를 하고 있었을까,
그녀의 커다랗고 허술하던 눈가가
밤늦도록 아프게 떠올랐다.
남자는 알게 되었다.

가장 사랑했던 것이 가장 큰 아픔이 된다.
가장 아름다웠던 것이 가장 깊은 슬픔이 된다.
진짜 사랑이라면 끝난 뒤엔 정말이지 그렇다.

영화 〈이토록 뜨거운 순간〉. 스무 살의 윌리엄은 정말이지 치열하게 사랑을 했습니다. 아낌없이 불타올랐지만 오래가지 못했죠. 이별 또한 사랑만큼 떠들썩했어요. 울고 매달리고 협박하고 찾아가고 또 찾아가고 하지만 다시 이전으로 돌아갈 수는 없었습니다. 깨진 마음을 들고 어쩔 줄을 모르다가 윌리엄은 아버지를 찾아가요.

오래전 자신을 버리고 떠나 다른 여자와 가정을 꾸린 아버지 역할은 에단 호크가 맡았죠. 아들은 위로와 해결을 바랐지만 아버지가 말해준 것은 현실이었습니다.

"극복 못할지도 몰라. 무뎌지기야 하겠지만 실연의 상처가 정말 크면 흉터가 남게 돼. 골절이나 뭐 그런 것처럼 비가 오면 아파지지."

짧은 대화였지만 윌리엄은 사랑하고 이별하는 일의 본질을 깨달은 것 같았습니다. 본디 아프다는 것. 받아들여야 한다는 것. 시간이 흘러 뜨겁게 사랑했던 사라를 만날 기회가 있었지만 윌리엄의 감정은 전처럼 요동치지 않았습니다. 가볍게 안부를 묻고 또 가볍게 손 흔들며 떠났어요.

어째서 그럴 수 있었을까요? 사라 몫의 감정을 다 태워버렸기 때문인지도 모르죠. 더 슬퍼할 것이 남아 있지 않아서.

하지만 어쩌면 반대일지도 모릅니다. 이별은 기정사실이 되었고 징징거려봐야 받아줄 사람이 없으며 평생을 저릿하게 아플 것이니까, 아픈 것은 당연한 것이니까 담담했는지도 모르겠습니다.

사랑은 그럴 때도
있는 거예요

여자는 오늘,
잘 모르는 사람 앞에서 울어버렸다.
가득 부풀어 결국은 터져버린 풍선처럼
슬픔이 쏟아져 나왔다.

여자에게 일어난 일을 짧게 정리해서 말하면
다음 두 개의 문장으로 충분했다.

사랑했다.
그리고 헤어졌다.

생각을 많이 한 끝에 시작한 관계였다.
더 이상은 이별하기 싫었다.
헤어질 때마다 마음에는 돌이킬 수 없는 균열이 생겼고
한 번 더 그러면 완전히 부서져버릴 것 같아서
이번에는 결정이 신중했다.

그랬는데,
역시 사랑은 어려웠다.

남자는 사랑이라는 이름 아래 모든 게 용서되는 사람이었고
여자는 아니었다.
남자는 종종 거짓말을 했고
상처를 주지 않기 위해서였다고 했다.
여자는 달콤한 거짓보다
아픈 진실이 더 낫다고 믿는 고지식한 사람이었다.
맞춰가는 일은 예상보다 훨씬 더 힘이 들었지만
자신과 약속한 것이 있었다.
잘 해내겠다고 마음먹었으니까
어려워도 견뎌내고 싶었다.

힘든 시간이 꽤 길게 지난 어느 날
친구가 여자를 보고 말했다.
"너 요즘은 통 웃지를 않네."
여자는 그제야 거울을 보았다.
눈은 슬펐고 입가는 딱딱했다.
뿌리까지 다 말라버린 화초 같았다.
살려낼 수 있다고 스스로에게 거짓말을 하며
계속 물을 주고 있지만 실은 뿌리까지 다 죽어 있었다.
한참 전에 이미 끝이었다.

인정하기 싫었다.
사는 일 전체에 실패를 해버린 기분.
하지만 마음이 죽은 채로 계속 살 수는 없는 일이었다.
잡는 것의 몇 배나, 그 손을 놓는 것은 어려웠다.
이별한 후에도 남자는
여자의 눈이 닿고 손이 닿는 곳 어딘가에 여전히 있었다.
몇 년을 그렇게 지내다보니
어리석게도 평생을 그럴 것이라 믿었던가 보다.

오늘 들은 이야기를 그녀는 믿을 수가 없었다.
그가 한 여자의 남편이 될 거라는 이야기.
상상조차 해본 적 없는 일이었다.
늘 거기 있을 줄 알았는데 착각이었다.
그제야 깨달았다.
지난 며칠 친구들이 전화를 걸어 잘 지내냐 묻던 이유.
마음이 반으로 갈라져버리는 것 같았지만
어리석게도 자존심 때문에
가장 가까운 친구에게까지 괜찮은 척했다.

늦은 퇴근길.

집 앞 편의점.

여자는 캔맥주 하나를 사서 야외 테이블에 앉았다.

집에 혼자 들어가기 싫었다.

저녁을 먹지 못했으므로

차가운 맥주가 식도를 타고 내려가는 것이 또렷이 느껴졌다.

그때 옆 테이블에 앉아 있던 아주머니 한 분이 말을 걸어왔다.

"아가씨, 왜 혼자 술을 마시고 있어?

난 남편과 다투고 바람 쐬러 나왔어."

갑자기 엄마가 보고 싶어 눈물이 났다.

울어버렸다.

말도 못하고 울고만 있으니

아주머니가 다가와 손을 잡아주었다.

여자의 눈물은 더 뜨거워졌다.

아주머니의 손이 따뜻해서 그랬고

왜 여기서 낯선 사람의 호의에 기대 울고 있는가 싶어 그랬다.

아주머니가 울고 있는 여자의 등을 쓸어주었다.

울음은 더 깊어졌다.

후회가 되었다.

남자의 손을 잡던 순간이 후회되는 것인지

놓아버린 것을 후회하는지는 스스로도 알 수 없었다.

그저 사랑이 후회가 되어버린 것이 슬펐다.

왠지 억울했다.

영화 〈블루 발렌타인〉의 의대생 신디는 사랑에 대한 '기대'를 가지고 있는 여자입니다. 사랑은 영원하고 변치 않으며 무엇보다 순수해야 한다고 생각했죠. 자기희생적이며 모든 것을 거는 것만이 사랑이라고 생각했습니다. 학교에서 알게 된 바비라는 남자를 만나고는 있었지만 소유욕이 강하고, 폭력적인 그의 행태를 사랑이라 느낄 수 없었습니다.
우연히 만난 남자 딘은 달랐습니다. 신디의 모든 것을 받아주고 안아주었죠. 심지어 신디의 몸 안에서 자라고 있는 바비의 아이까지도 말이에요. 이런 것이야말로 사랑이라 믿고 신디는 결혼을 결심했습니다. 하지만 행복은 잠시뿐이었어요. 딘은 사랑이 많은 남자였지만 책임감 있는 남편은 아니었습니다. 그가 잘하는 것은 두 가지뿐이었어요.
딸아이와 놀아주는 일과 사고 치는 일.

생활의 무게는 온전히 신디의 몫이 되었습니다. 딘은 영원히 철들지 않을 것처럼 보였고, 결별만이 구원이겠지만 쉽지 않아 보였습니다. 딘은 신디를 지치게 하는 것이 자기 자신인 줄은 까맣게 모르는 채 나름의 노력을 했습니다. 좀 쉬라며 감당도 못할 가격의 호텔을 예약해놓고 출근하는 신디를 납치하듯 데리고 떠나는 식이었죠. 그녀가 해고를 당하면 당장 먹고살 길이 막막한데도 전혀 걱정하지 않았어요. 그에게는 사랑이 전부였으니까요. 자신이 이렇게나 뜨겁게 여전히 사랑하고 있는데 대체 신디가 왜 힘들어하는지, 아마 딘은 이해할 수 없었을 겁니다.
결혼 전 신디는 사랑 없이 사는 부모님을 보며 말했습니다.
"난 엄마, 아빠처럼 되긴 싫어요. 한때는 서로 사랑했겠죠? 절 낳기 전에 사랑이 식어버린 것일까요? 사랑이 그렇게 사라지는데 감정이라는 것을 어떻게 믿죠?"
하지만 그녀 자신도 부모님처럼 되어버렸어요. 부모님의 케이스보다 더 지독했죠. 사랑에 대해 방어적이었지만 별수 없었어요. 신디가 아직 10대였을 때 할머니는 당부하셨어요.
"주의해야 한다, 신디. 사랑에 빠질 때는 과연 그 남자가 그럴 만한 가치가 있는 사람인지 신중하게 살펴야만 한단다."
아마 사랑에 대해 너무 많이 기대를 하는 손녀가 걱정되셨던 모양입니다. 주의도 받았고 조심도 했지만 결국 엉망이 되고 말았어요. 사랑도 마음도 행복도 생활도 다 부서진 상태가 되고 말았죠.
왜 지금 제가 이런 이야기를 길게 늘어놓는가 묻는다면, '그럴 때도 있는 거예요'라고 말하고 싶어서예요. 사랑에 대하여 가장 시니컬하던 사람이 함정에 빠지기도 하고, 가장 사랑했던 사람이 가장 큰 상처로 남기도 하고. 그러나 부탁하고 싶은 것은 후회를 하더라도 자신을 미워하지는 말라는 거예요.

사랑이란 우리가 평생을 풀어가야 하는 숙제.
근데 그게 참 어려워요. 수학문제와는 달리 열심히 공부를 한다고 해도 정확한 답을 알 수 없죠. 누구나 다 그래요. 신중해도 상처받고, 노력해도 망가지고. 공식도 없고, 답을 아는 사람은 아무도 없어요. 사랑이야말로 정말 그 자체로 엉망진창이죠. 그러니까 마음 아파하고 있는 자신을 미워하거나 원망하지 말고 그냥 안아주면 좋겠어요.

왜 그 남자의 손을 잡았느냐고,
혹은 놓았느냐고 스스로를 질책하지 말고
'너 지금 힘들구나, 울고 싶구나' 하고
그냥 안아주면 좋겠어요.

그게 모르는 사람을 통해 위로를 보낸 하늘의 뜻이라고
저는 생각합니다.

언젠가는 너로 인해
울게 될 것을 알지만

여자는 고양이를 키웠다.
여자의 남동생이 사랑을 잃고 울고 있는 여자에게
하얀 고양이를 선물해주면서 말했다.

"누나는 사랑에 대해서 좀 더 배울 필요가 있어.
아마 이 녀석이 도움이 될 거야."

고양이와 지내고 3주가량 지났을 때
여자는 남동생의 뜻을 이해했다.
가만히 두면 무릎 위에 와서 앉았다가
억지로 안으려고 하면 도망을 간다.
고양이도 사랑처럼 그랬다.

덕분에 여자는 조금씩 사랑을,
고양이를 있는 그대로 두고 편안히 대하는 법을 배웠다.

가장 좋은 것은 말 없음이었다.
말이 없는 위로.

사람에게서 받은 상처를
말 없는 동물에게서 위로받을 때가 있다더니
힘든 날, 지쳐 누워 있으면
그녀의 고양이는 어김없이 알아차리고
품 안에 안겨 들었다.
꼭 끌어안고 있으면 안도가 되어 따뜻한 잠에 들곤 했다.

얼마 전 여자는 이사를 했다.
사랑하던 사람과 이별을 하고 나니
그와 함께 즐거운 시간을 보내던
자신의 집이 낯설어진 참이었는데
때마침 정해진 기간이 다 되어
여자는 집을 옮기기로 결심했다.
멀지 않은 거리에 있었지만
햇볕이 잘 들어 기분까지 밝아지는 집이었다.

이사를 하고 며칠 뒤,
고양이가 사라졌다.
여자는 추운 겨울의 밤거리를 다니며
고양이의 이름을 불렀으나
골목 가득 냉정한 어둠만 가득 차 있을 뿐,
익숙한 대답 소리는 들리지 않았다.

달조차 얼어버릴 것 같은 밤.
여자는 온몸이 굳도록 골목을 헤매다가
혹시나 하는 마음에 전에 살던 집에 가보았다.

고양이는
거기 있었다.

주인이 바뀌어
아무리 소리를 내도 문을 열어주지 않는 문 앞에 있었다.
그것이 꼭 자신의 모습 같아서 여자는 발걸음을 멈추었다.

주인이 떠난 집에서,
주인을 기다리는 고양이와
사랑이 떠났는데도,
여전히 그 자리에 서서 사랑을 기다리는 여자.

둘은 함께 새로운 집으로 돌아왔고
여자는 말 없는 고양이에게 말했다.

"이제는
여기가 우리가 있어야 할 곳이야."

그것은 마치 그녀 자신에게 하는 말 같았다.
고양이가 다가와
얼어붙은 손을 따뜻하게 핥아주었을 때,
여자는 '현실을 인정하고 나니 오히려 편안하구나' 하고 웃었다.

비로소
다시 시작할 수 있을 것 같은
기분이 되었다.

반려동물을 키우는 것이 사람에게 좋은 이유 중 하나. 이별에 대한 연습을 할 수 있기 때문이라고 합니다. 마크 롤랜즈의 『철학자와 늑대』는 늑대개를 키운 실제의 경험을 담은 작품입니다. 늑대개를 키우고 이별할 때까지 저자 마크는 사랑의 온기를 중요하게 여기지도, 필요로 하지도 않는 사람이었습니다. 그에게 여성이란 섹스의 대상일 뿐, 머물고 교감하는 상대를 의미하지 않았죠. 그랬는데 어느 날 작은 늑대개 브레닌을 입양하고는 달라집니다. 브레닌은 말썽이 많은 녀석이었습니다. 덩치가 컸고 힘이 좋았습니다. 카펫은 물론이고 담장을 물어뜯었고 성견이 되어서는 차를 절반쯤 먹어버리는 수준이었습니다.
하지만 마크는 그 모든 것을 견뎠습니다. 견뎠다기보다는 당연한 것으로 받아들였습니다. 늑대개란 본래 그런 존재였으니까요. 가만히 있지 못하는 브레닌을 위해서 마크는 마당이 넓은 집을 사기로 했습니다. 열심히 일하는 것을 좋아하지 않았지만 브레닌을 위해서 그렇게 했습니다. 돈을 모았고 브레닌이 행복해할 수 있는 곳으로 이사를 했습니다. 마당이 있는 자연 속의 집이었어요. 출퇴근이 불편했지만 브레닌이 좋다면 마크도 좋았습니다.
참으로 소중했던 늑대개 브레닌은 암으로 죽었습니다. 이별의 시간이 얼마 남지 않았음을 알게 된 마크는 일을 쉬고 바닷가 마을로 이사를 갑니다. 마지막 시간을 아름다운 곳에서 함께하고 싶었으니까요. 이별 전의 며칠은 기적과도 같았다고 마크는 적었습니다. 죽기 직전의 생명체들이 흔히 그렇듯 브레닌은 갑자기 기운을 찾았고 둘은 함께 바닷가를 달렸습니다. 그리고 떠났어요. 냉철하고 냉담했던 철학자 마크는 이별 앞에서 밤새워 울었습니다. 브레닌을 위하여 밤새 돌무덤을 만드는 장면은 슬프고도 감동적이었어요. 돌무덤 옆에서 울고 추억하고 술에 취하는 시간들을 거치며 마크는 브레닌이 남긴 따뜻함을 새삼 느꼈습니다. '아프지만 사랑해야 하는 이유'를 깨닫고 난 뒤 마크는 사랑의 다른 대상을 찾았습니다.

이번에는 사람이었어요. 결혼을 했고 멋진 가장이 되었습니다. 늑대개 브레닌과 보낸 시간을 통해 '수많은 책임과 상처에도 불구하고 사랑해야 하는 이유'를 가슴으로 알게 되었던 것입니다.

고양이와 함께 보내는 시간 또한 그렇기를, 이별을 충분히 애도하고 성숙한 사랑으로 나아갈 수 있기를 바랍니다.

더불어 '가을방학'의 노래 〈언젠가 너로 인해〉를 선물합니다. 반려동물을 키우는 마음을 담은 노랩니다. 그들의 시간은 우리와는 다른 속도로 흘러 길어야 10년, 결국 이별하게 될 겁니다. 언젠가 너로 인해 많이 울게 되겠지만 따뜻함과 외로움, 고마움을 나눌 수 있어 오늘은 그래도 사랑을 하는 이야기.

그렇게 되기를. 이별이 남긴 아픔이 아니라 사랑이 남긴 좋은 것들을 생각하며 다음 사랑으로 나아갈 수 있기를. 다시 사랑할 이유를 찾게 되기를.

언젠가 너로 인해 많이 울게 되겠지만

따뜻함과 외로움, 고마움을 나눌 수 있어

오늘은 그래도 사랑합니다.

scene 5

다시 만나다

이별 뒤에 찾아온

더 따듯하고

더 깊고

더 우직한 사랑

조금은
느긋해져도 괜찮아요

늦은 밤 집에 돌아오니
현관 우체통에 하얀 봉투 하나가 끼워져 있다.

안에는 열쇠 하나.
반년 전까지 여자가 쓰던 일기장의 열쇠였다.
누가 보낸 것인지 쓰여 있지 않았지만
당장에 알 수 있었다.

그들은 반년 전 헤어졌다.
멀어지기 전에는 하루 종일 붙어 앉아
이야기가 끊이지 않던 두 사람이었다.
다정했고 무엇보다도 즐거웠다.
두 사람이 나눈 것은 전면적인 소통이었다.

서울의 많은 골목을 걸었고
사진으로 남겼다.
여자는 글을 썼고
남자는 노래를 불렀다.
한 사람의 고민은
두 사람 모두의 고민거리였고,
한 사람의 관심사는
어느새 두 사람 모두의 관심사가 되었다.

글쓰기를 좋아하던 여자는
행복한 시간들을 일기장에 남겼다.
그날의 풍경이 담긴 사진 아래
둘이 함께 나눈 이야기들이 적혔다.

남자의 허밍과 발걸음 소리를 음표로 그리고
새로운 머리 모양과 웃는 얼굴을 그림으로 그려 넣었다.
여자가 완성한 일기를 읽으며 남자는 소리 내어 웃고는
그 아래 한두 줄을 더 보태기도 했다.

하지만 이젠 모두가 다 지나간 이야기가 되었다.
여자에게 소통의 즐거움과 현실은 다른 문제였다.
여자는 결혼을 원했고 남자는 자유를 원했다.
차이는 좁혀지지 않았고 둘은 결국 헤어졌다.
이별할 때 지나간 시간을 봉인하는 기분으로
여자는 남자의 집에 일기장의 열쇠를 두고 왔었다.

남자의 빈자리는 생각보다 많이 컸다.
겨우 견디고 있는데 열쇠가 날아든 것이다.
잠가 두었던 기억이 열렸다.
일기장을 읽다 보니 웃음이 나기도 했다.
하지만 웃음은 결국엔 눈물이 되었다.

가장 중요한 것을 잊고 있었다.
그제야 깨닫고
여자는 아무것도 적히지 않은
깨끗한 페이지를 펴놓고 이렇게 적었다.

'중요한 것은 결혼이거나, 자유가 아니었다.
사랑하는 사람에게 가장 중요한 것은 함께 있는 일이다.'

그리고 사진으로 찍어 휴대폰으로 남자에게 보냈다.
이내 답장이 도착했다.

'예전처럼 그 아래 내 손으로 적어두고 싶은 한 줄이 있어.'

남자와 여자의 함께 쓰는 일기는
그렇게 다시 시작되었다.

영화 〈달팽이의 별〉. 남자 주인공 영찬 씨는 눈이 보이지 않아요. 귀도 들리지 않죠. 달팽이처럼 촉각으로 느끼고 소통합니다. 그의 아내 순호 씨는 척추장애를 가졌어요. 아이처럼 키가 작지만 속은 참 깊은 그녀를 영찬 씨는 세상에서 가장 아름다운 여인이라고 믿고 있습니다. 영찬 씨가 보고 듣지 못하기 때문에 두 사람은 손으로 소통을 해요. 하고 싶은 말이 있을 때마다 아내는 남편의 손등에 자기 손을 포개놓고 타이핑을 하듯 움직였죠. 모스 부호를 치듯 그랬어요. 하고 싶은 말이 많아서 두 사람의 손은 언제나 포개어져 있었습니다.
둘이 소풍 가던 날에도 그랬어요. 기차가 움직이는 소리, 난생처음 만나보는 바다의 느낌, 사람들의 즐거운 모습. 나누고 싶은 이야기가 끝도 없어서 두 사람의 손은 참 바빴습니다. 특히 아름다웠던 것은 나무를 느끼던 두 사람의 모습이었어요. 영찬 씨는 나무를 꼭 끌어안고 나무가 들려주는 이야기를 느꼈습니다. 그러곤 아내의 이름을 불렀어요. 같이 느끼고 싶다면서요. 둘이 나란히 커다란 나무를 꼭 안고 서 있는 모습이 얼마나 예뻤는지 모릅니다.
영찬 씨는 자부심을 갖고 있었어요.

'나는 부족한 사람이 아니다. 특별한 사람이다.'

그렇게 믿었죠. 아무리 좋은 믿음이라고 해도 그것이 혼자만의 것일 때 사람들은 외로워지게 마련입니다. 쉽게 지치고요. 하지만 영찬 씨는 아니었습니다. 시간이 갈수록 단단해졌죠. 믿고 응원해주는 아내가 옆에 있었으니까요.
영찬 씨의 꿈은 시인이 되는 것이었어요. 공모전 발표가 있던 날이었습니다. 눈이 안 보이는 남편을 대신해서 아내가 수상자 명단을 확인했는데 이름이 없는 거예요. 영찬 씨는 많이 낙담했고 아내에게 실망시켜서 미안하다 했습니다. 그때 아내가 했던 말이 두고두고 참 찡했습니다.

남편의 손등에 자기 손을 얹고 아내는 부지런히 말했어요.
"아니야, 내가 미안해. 당신 이름을 못 찾아서 내가 정말 미안해."
몇 번이나 미안하다고 하는 아내의 모습이 아름다워서 눈물이 났습니다.
'당신은 당선되어야 마땅한데 내가 당신 이름을 못 찾았어. 당선되는 게 너무나 당연한데 눈을 가진 사람들이 당신의 이야기를 미처 알아보지 못했어. 눈을 가진 모든 사람들을 대신해서 내가 미안해.'
아내가 그러고 있는 것 같아서 말입니다.
영찬 씨와 순호 씨가 아름다운 것은 둘이 부부라서가 아니에요. 둘이 제대로 함께 있기 때문이죠.
결혼했고 같은 집에 살지만 마음은 따로인 부부가 얼마나 많은가요. 그래서 더 소중하게 느껴지는 거죠. '정말 제대로 함께 있는' 두 사람의 모습이 말이에요.

일정한 시기에 관계를 규정하지 못해서 헤어지는 연인들을 봅니다. 이 정도 했으면 결혼해야 하는 것 아니냐, 아직은 때가 아니다, 의견과 입장이 달라서 헤어지는 것이지요. 조급해지는 마음과 망설이는 마음 모두를 저는 이해합니다만, 정말로 중요한 것은 내가 만나고 있는 사람이 어떤 사람인가라고 생각해요.
평생을 생각할 정도로 소중한 사람이라면 조금 기다려도 괜찮지 않나요? 어차피 평생을 함께할 건데 1년, 2년 빨리 결혼하는 게 뭐가 그리 대단히 중요한가요. 헤어질 사람은 결혼을 해도 헤어지고, 만나야 할 사람은 10년을 헤매고도 다시 만나 함께하는데 말예요.

조금 느긋해져도 괜찮잖아요.
대개는 헤어지고 나서야 깨닫지만,

맞아요,
사랑하는 사람에게 가장 중요한 것은 '함께 있는 일'이에요.

전면적 소통을 할 수 있는 상대란 쉽게 만나지는 것이 아니죠.
소중함을 기억하며 함께 있기를 바라요.

좋은 기억으로
아픈 날의 상처를 덮어요

이별 이후,
여자가 우유를 먹지 않았던 것은
사랑의 기억 때문이었다.

우유를 소화시키지 못한다고 하자
오래전 한 남자가 말했다.
"한 모금씩 천천히 마시면 괜찮아요.
오늘 한 모금을 마시고,
괜찮으면 다음엔 또 두 모금을 마시고,
괜찮으면 그다음엔 세 모금을 마시다보면
한 컵을 다 마시는 날이 오더라고요."
그렇게 남자는 자신의 경험담을 들려주었다.

그대로 따라 해보았는데 여자 또한 정말 괜찮았다.

그렇게 조금씩 천천히 물들면서
아주 오래갈 줄 알았는데
짐작대로 되지 않는 것이
사랑이었다.

이별 이후,
마트에 가는 날이면 여자는
일부러 우유가 있는 곳을 피했다.
본래부터 그것은 내 세계에 있던 것이 아니었다.
남자도, 우유도 똑같다.
없던 시절로 그저 돌아가면 그뿐이다 생각했다.

그런데
또 하나의 남자가 여자의 인생에 끼어들었다.
도서관에서 종종 보는 남자였다.
마주칠 때마다 자꾸 웃더니
어느 날, 여자의 책상 위에 우유 하나를 가져다 놓았다.

먹지 않고 버렸고,
다음에도, 그다음에도 그랬더니
남자가 말을 걸어왔다.
"내가 싫은 거예요, 우유가 싫은 거예요?"
질문에 요령이 있는 남자였다.
어쩌다 보니 우유를 먹지 않다가 먹었다가
다시 먹지 않게 된 이유까지 말하게 되었다.

그 후 둘이 꽤 친해졌고,
즐거운 하루를 보낸 어느 저녁이었다.
남자가 말없이 편의점에 들어갔다 나오더니
노란 바나나 우유를 들고 나왔다.
빨대를 꽂아 여자 손에 쥐여주고는
곁에서 노래를 부르며 남자는 걸었다.
여자의 집 앞에 도착했을 때 남자는
우유를 들고 있는 여자의 손을 잡으며 말했다.

"아픈 기억, 좋은 기억으로 덮으면서 살자, 우리."

그 밤.

마주 선 두 사람의 어깨 위로

하얗게 눈이 쌓였다.

영화 〈실버라이닝 플레이북〉은 같은 상처를 가진 남자와 여자가 서로를 만나 상처를 치유해가는 과정을 담고 있습니다. 남자는 아내의 불륜 현장을 목격한 이후 심각한 피해망상에 시달렸습니다. 이혼을 하면서 증세는 더 심각해졌죠. 여자는 그런 남자의 불안한 눈빛을 알아보았습니다. 다른 사람이라면 그냥 스쳐 갔을 테지만 그게 바로 자신이 겪은 일이었기 때문에 여자는 남자 앞에 멈춰 섰습니다. 남자는 자꾸 도망쳤지만 여자는 남자가 그냥 가버리게 두지 않았어요.

두 사람은 함께 춤을 추었습니다. 여자가 이끌고 남자가 따라갔죠. 같은 호흡으로 움직이는 동안 남자는 조금씩 건강해졌습니다. 함께 추는 춤이란 사랑을 닮아 있었죠. 상대에게 완벽하게 몰입해야 했으니까요. 두 사람 사이에 마음이 흐르기 시작했지만, 남자는 떠나간 아내를 잊지 못하고 있었습니다. 돌아가고 싶어 하는 남자의 마음을 여자는 알았습니다. 괴로웠지만 놓지 않았어요.

어리석게 구는 남자에게 그의 아버지가 이렇게 말했습니다.

"누군가 손을 내밀려고 할 때 마음을 알아채는 것이 중요해. 내민 손을 잡아주지 않는 건 죄악이고 평생 후회하게 될 거야. 지금 여기 이 순간에 찾아오는 인생의 큰 변화와 마주서야 해."

복잡한 과정을 통해 남자는 깨달았습니다. 지금 자신에게 가장 필요한 사람이 누구인지. 여자가 남자를 놓아주지 않았던 덕분에 남자는 과거에 대한 집착에서 벗어나 미래를 꿈꾸게 되었습니다.

상처를 벗어나게 해주는 사람이 있어요. 나는 피하려고 하는데 오히려 더 깊숙이 들여다보게 만들기 때문에 도망치고 싶을 때도 있지만, '명현 반응'이라는 것이 있잖아요. 좋아지는 과정에 잠시 더 아파지는. 하지만 고비를 넘고 나면 아주 좋아집니다. 중요한 것은 그럼에도 불구하고 손을 놓지 않는 것.
하얀 눈이 내려 세상을 아름답게 덮어주듯 새롭고 고운 기억으로 지나간 아픈 날을 덮으면서 오늘도 내일도 계속 사랑한다면 좋겠어요.

맞아요. 사랑하는 사람에게 가장 중요한 것은 '함께 있는 일'이에요.

우리는 그저
모두 상처받은 사람일 뿐이다

남자는 도서관에 즐겨 갔다.
여자는 도서관 사서였다.
책을 대여하고 돌아서는데
여자가 남자의 이름을 불렀다.

눈을 마주치자 여자가 말했다.
"저기요, 추천해주고 싶은 책이 있어요."

그녀가 내민 것은
『스밀라의 눈에 대한 감각』이라는 인상적인 제목의 소설이었다.

"그동안 빌려가는 책을 쭉 봤는데
이 책을 좋아할 것 같아서요."
책을 받아드는데 가슴이 뛰었다.
무척 두꺼운 책이었으나
남자는 단숨에 다 읽었다.
다음 날 반납하러 가서는
특히 좋았던 문장들을 여자에게 읽어주었다.

"눈을 읽는 것은 음악을 듣는 것과 같다.
눈에서 읽은 내용을 묘사하는 것은
음악을 글로 설명하려는 것과 같다.
처음 그 일이 일어났을 때는
마치 다른 사람들은 모두 다 잠들어 있는데
나만 깨어 있는 기분이었다."

책 읽는 소리가 좋다며 여자는 웃었다.
그날을 시작으로 두 사람은 서로 마주 보며 웃는 사이가 되었다.
남자는 여자에게 종종 책을 읽어주었고
여자는 남자의 책 읽는 소리를 들으며 차를 만들었다.

꿈꾸던 사랑의 모습이라 생각했는데
좋은 일에는 꼭 아픈 복병이 있기 마련이다.

지나간 사랑의 상처가 아직도 아프다 하더니
여자는 자주 헤어지자고 말했다.
쉽게 이별을 말했다.
남자는 그때마다 여자를 다독여주긴 했지만
남자라고 아프지 않은 것은 아니었다.
그때마다 남자에게도 상처가 생겼다.

또 이별 통보를 받던 날.
눈이 내렸다.
유난히 눈이 많은 겨울이었다.
이토록 많이 쌓여 있는데
채 녹기도 전에 또 폭설.
'꼭 그녀의 이별 선언 같네.'
집으로 돌아가며 남자는 혼자 한숨을 쉬었는데
마지막 모퉁이를 돌자 거기 여자가 있었다.
어깨에 눈이 쌓인 채로 잔뜩 미안한 얼굴을 하고서
남자의 책 읽는 소리가 듣고 싶다고 했다.

남자는 여자를 집으로 들이고
따뜻한 차를 만들어준 뒤
밤이 늦도록 소리 내어 책을 읽어주었다.

"네가 그렇게 하면 나도 힘이 들어."
남자가 나지막한 목소리로 말했다.
여자는 미안하다고 말하고,
노력하겠다고 말하고 또 말했다.
"네가 옆에 있어준다면 나는 조금씩 좋아질 거야."

눈 안에 있는 진심을 읽었다.
남자는 여자를 안아주었고
자신이 있어야 할 자리와
해야 할 노력을 알았다.

눈이 오고 또 와도,
여전히 여자의 옆자리.
어디 가지 않고 그냥 거기 그대로 있으면
봄이 올 것이었다.

이번엔 남자분보다 여자분과 이야기를 나누고 싶네요. 영화 〈셰임〉에는 보통의 사람처럼 사랑하지 못하는 오빠와 동생이 등장합니다. 오빠는 정서적 교류를 거부해요. 감정의 공유를 원하지 않는 섹스 중독자이기 때문에 늘 매춘부와만 관계를 맺죠. 하루에도 몇 번씩 섹스에 몰입하지만 공허함은 채울 수가 없었습니다.
반면 여동생은 사랑 중독이었어요. 단박에 깊이 빠졌고 상대가 물러서면 울며 사랑을 구걸했습니다. 아무런 고민 없이 관계를 시작했습니다. 도덕적으로 옳은가, 미래가 있는가, 책임감이 있는 남자인가, 순간적인 감정은 아닌가에 대한 판단은 전혀 없었어요. 그대로 풍덩 뛰어들고 뒷감당이 되지 않아 괴로워할 때가 많았습니다. 자살 기도도 여러 번. 오빠는 그런 동생이 못마땅했습니다만 한편으로는 동요되기도 했습니다.

'대체 사랑이란 어떤 감정인 것일까.
나도 사랑을 한번 해보면 어떨까.'

이런 마음이 들었던 거죠. 남자는 노력을 해보기로 했습니다. 섹스 대신 달리기를 선택했고, 직장 내에 있는 매력적인 여자와 시간을 들여 관계를 진전시켜 보기도 했지만 결정적인 순간에 멈춰버립니다. 괴로운 얼굴로 "도저히 안 되겠어요. 혼자 있게 해줘요"라며 여자를 방에서 내보내고 그가 한 일은 매춘부를 부르는 것이었습니다.
그날 남자는 완전히 망가졌어요. 술과 섹스에 더 깊이 빠져들었고 동생에게서 계속 전화가 왔지만 받지 않았습니다. 아침이 되어서야 집에 돌아와 보니 동생은 손목을 그은 채 쓰러져 있었습니다. 동생을 병원에 옮겨놓고 남자는 동생이 남긴 메시지를 들었습니다.

그녀는 이렇게 말했어요.

"우리는 잘못된 게 아니야. 나쁜 사람이 아니야. 우리는 그냥 상처받은 사람들인 거야."

영화는 어쩌다가 두 사람이 그토록 깊은 상처를 품게 됐는지 설명해주지 않습니다. 어쩌면 그것이 현대인이겠죠. 굳이 역사를 풀어 설명하지 않아도 가슴 안에 극복되지 않은 상처 하나씩은 안고 살아가는.

극복되지 않은 상처, 트라우마를 치유하지 않으면 계속 비슷한 상황이 반복됩니다. 우리는 영화의 남녀 주인공처럼 밖에서 해결책을 찾으려고 해요. 사랑의 상대나 섹스의 상대를 바꿔가며 달라지길 기대하지만 그건 가슴 한복판에 커다란 돌덩이가 들어 있는데 그 위에 꽃이 피기를 바라는 것과 같은 행위일 겁니다. 바위를 들어내지 않으면 소용이 없어요. 돌을 빼내고 흙을 곱게 갈아 두어야 바람을 타고 날아온 꽃씨가 편안히 꽃을 피울 겁니다.

〈셰임〉의 여주인공 말이 맞아요. 사랑이 쉽지 않은 것은 우리가 나쁜 사람이라서가 아니라 상처받은 사람이기 때문입니다. 안아줄 필요가 있어요. 가장 먼저는 스스로를 안아주어야 합니다. 상처받은 자기 자신을 못났다고 밀어내지 말고 '나 참 못났구나, 안쓰럽다' 인정하고 안아줄 필요가 있어요. 그렇게 인정하는 순간 눈물이 무척 나겠지만 나 자신의 부족함을 인정하면 다른 사람의 부족함도 안아줄 수 있게 됩니다.

너도 나처럼 안쓰러운 사람이구나, 부족해도 예쁘다, 괜찮다, 서로를 안아주게 되는 것이죠. '상처를 가지고 와서 미안하다'고 말하고 '괜찮다, 우리 서로의 상처를 안아주며 같이 가보자' 이런 관계로 발전할 수도 있게 될 거예요.

하지만 가장 먼저는 자신의 상처와 화해해야 한다는 것을 함께 기억하면 좋겠습니다.

잘할 수 있을 거예요.

쉬어가도 좋지만
멈추지 않는

여자가 남자를 밀어낸 것은
더 이상 이별하기 싫었기 때문이다.
이별하기 싫어서 여자는 사랑도 하기 싫었다.

하지만 한 남자가 찾아와
자꾸 여자의 마음을 두드렸고
그녀는 마음이 열릴까봐 더 숨고 도망을 쳤다.

여자의 회사로 작은 선물이 도착했다.
그 남자로부터였다.
영화 〈해피 해피 브레드〉 DVD.

퇴근 후,
여자는 맥주를 한잔하며
영화를 보기 시작했다.

〈해피 해피 브레드〉의 주인공 리에는 도시를 싫어했다.
사랑했으므로 그녀의 남편은 기꺼이 도시 생활을 접고
홋카이도의 아름다운 호수 앞에 카페 '마니'를 열었다.
영화 속 아내는 커피를 만들고,
남편은 빵을 구웠다.
카페의 손님들이 지치고 깨진 채로 와서
웃으며 돌아갔다.

영화에선 계절마다 각기 다른 사랑의 에피소드가 펼쳐졌는데
여자는 특히 겨울 이야기가 마음에 남았다.
겨울의 어느날 할머니와 할아버지가 찾아왔다.
마니가 있는 호수 근처가
오래전 두 사람의 신혼여행지였다고 했다.
할머니는 몸이 아팠고,
할아버지는 아내가 없는 날들을 상상할 수 없었다.
함께 세상을 떠나고 싶어서
두 사람은 평생을 약속했던 그곳을 다시 찾았는데
하필이면 폭설이 내려 발이 묶였다.

눈이 그치고 녹는 동안 노부부는
카페 주인에게 빵 만드는 법을 배웠다.
맛있게 빵을 먹는 아내를 보고 할아버지가 말했다.

"저 사람, 평생 빵을 먹지 않았는데
맛있게 먹는 모습을 보며 나는 부끄러우면서도
동시에 처음으로 깨달았습니다.
사람은 마지막의 마지막까지도 계속 변하는구나."

할아버지는 아내가 변해가는 모습을 더 지켜보고 싶었다.
남은 시간을 포기하지 않기로 한 것이다.
영화를 보며 훌쩍거리는 중에 휴대전화가 울렸다.
DVD를 보내온 남자의 문자메시지였다.

'할아버지, 할머니의 모습을 보며 그쪽을 생각했어요.
나 또한 당신이 변해가는 모습을
마지막까지 지켜보고 싶습니다.
난 쉽게 움직이는 사람이 아니에요.'

이 남자,
내 마음속의 걱정과 두려움을 알고 있구나 싶었다.
'마지막까지'라는 말의 의미가 오늘따라 유난히 크게 느껴졌다.

여자는 생각을 좀 한 뒤, 답을 보냈다.

'그래요.
그럼 나는
조금씩 더 좋게
변해가도록
노력할게요.
고마워요.'

수십 년째 꾸준히 활동하고 있는 뮤지션의 공연을 보았습니다. '가수는 노래로 말한다'는 것이 무엇인지 제대로 알게 해주는 공연이었습니다. 그는 오직 노래했고, 설명은 거의 없었습니다만 우리는 그가 음악 속에서 얼마나 뜨겁고 깊은 시간을 보내왔는지 알 수 있었습니다. 돌아오는 길 우리는 그의 대단함을 칭송하면서 더불어 '현역으로 산다는 것의 소중함'에 대해 말했습니다. 창작이란 지난한 과정이니 어려운 날도 많았고 도망치고 싶은 순간도 있었을 텐데, 그는 여전히 여기 있었습니다. 음악의 한복판에 있었고, 무대를 떠나지 않았습니다. 진짜 거인이구나 생각했습니다. 자신의 길 위에 놓인 무겁고 커다란 바위들을 어깨로 밀어내는 신화 속의 거인이 상상되었습니다. 고단했을 테지만 멈추지 않는 그 시간 동안 거인의 근육은 더 단단해졌을 테고 그의 길은 더 넓어졌을 겁니다. 그 길 위로 자유로운 바람이 불어갔을 겁니다. 그건 도망치지 않고, 멈추지 않는 사람만 오를 수 있는 경지일 거예요.

사랑으로 인해 생기는 상처가 두려울 때가 있습니다. 달콤함은 잠시고, 아픔은 오래갈 테니 차라리 시작조차 하지 말자며 방어벽을 치는 사람들을 많이 봅니다. 이해할 수 있는 태도이지만 마음을 닫아걸고 오래 지내다보면 진짜로 중요한 사람을 만났을 때 헤매게 되고 말아요. 결정적인 사람을 만났는데 놓쳐버리면 평생 후회로 아파하게 됩니다. 용기를 내서 계속 사랑할 필요가 있어요.

'이 사람이 마지막이 아니면 어쩌나' 두려워하는 부정의 에너지를 긍정의 방향으로 돌려 '이 사람이 마치 생의 마지막 사랑인 것처럼' 생각하고 행동하며 부지런히 인연을 가꾸어 가다보면 현역으로 오래 살아온 거장의 무대처럼 우리 또한 근사한 사랑을 하게 될지 모르잖아요.

용기를 내길 잘했다 생각하게 될 거예요.
나쁜 생각, 괜한 걱정은 잊고 신나게 사랑해버리길.

사랑이 쉽지 않은 것은

우리 모두 상처받은 사람이기 때문입니다.

가장 먼저 자신의 상처와 화해하세요.

스스로를 안아주세요.

잘할 수 있을 거예요.

별을 보는 동안은
어둠이 무섭지 않았다

여자의 마음은 오래 눈을 감고 있었다.
보이는 모든 것이
떠나간 사람을 생각하게 했기 때문이었다.
그렇게 추억의 그림자 아래에서
눈 감은 마음으로 지내던 끝에
여자는 한 남자를 만나게 되었다.

어느 날
함께 차를 타고 인적이 드문 국도변을 지날 때였다.

"어두워지니까 서울에서는 안 보이던
별들이 보이네요."

여자의 말에 남자는 차를 세우고는
마음껏 별을 구경하라 했다.
여자가 내리자
남자는 차에 켜져 있던 불을 모두 꺼주었다.
그러자 쏟아질 듯 많은 별들이 나타났다.
남자는 말했다.
"빛나는 곳에서는 절대 볼 수 없는 풍경이에요."
그러고는 여자의 이름을 부르고 남자는 말을 이었다.
"빛나는 곳에만 서 있던 사람이 아니라서 좋아요.
사랑 때문에 마음이 어두워지는 게 어떤 건지
아는 사람인 것 같아서."

여자는 답했다.
"하지만 나는 어둠을 무서워하는 사람인 걸요."
그것은 이별과 상처가 두렵다는 뜻이었다.
남자는 이해했다는 듯 고개를 끄덕이더니 또 말했다.
"하지만 별을 보고 있으면 어둠을 두려워할 필요가 없잖아요.
별이 아름답구나, 그 생각부터 하게 되니까."
여자도 남자의 말을 이해했다.

여자는 오래도록 사랑이 주는 상처를 두려워했다.

두려워하다가 사랑을 놓치기도 했다.

그런데 옆에 서 있던 남자가 이렇게 말하고 있는 것이다.

사랑이 시작되면 사랑만 봐야 한다.

그렇게 하면 두려움을 잊을 수 있다.

다시 차 안.

추워하는 여자를 위하여 남자는 히터를 켜주었고

여자는 생각에 빠져 침묵했다.

남자 또한 말이 없었다.

그러나 어색하지 않았다.

달리는 차창 밖으로

갈대가 쓰러졌다 일어났다를 반복하고 있었다.

한참 만에 남자는 물었다.

"무슨 생각하고 있어요?"

여자는 대답했다.

"갈대를 쓰러뜨리는 것도 바람이지만

일으켜 세우는 것도 바람이구나 생각했어요."

이해한 듯 남자가 웃었다.

여자 말의 진짜 의미를 남자는 알고 있었다.

"내 마음을 쓰러뜨렸던 것도 사랑이지만

다시 일으켜 세우는 것도 사랑이구나 생각했어요."

이런 여자의 마음을.

영화 〈나 없는 내 인생〉의 주인공 앤은 23세인데 시한부 선고를 받았습니다. 남은 시간은 겨우 두 달. 병원을 나서니 비가 오는데 앤은 우산도 없이 비를 맞으며 지나간 인생을 돌아보았습니다.
열일곱 너바나 콘서트에서 만난 남자와 첫 키스를 나눴어요. 사랑에 빠졌고 아이가 생겼습니다. 결혼 후에는 늘 생활고에 시달렸어요. 실직 상태인 남편을 대신해서 밤낮없이 일을 했고, 집에 돌아와서는 살림에 육아에 쉴 틈이 없었지만 차 안에서는 중국어를 공부했어요. 더 나은 미래를 꿈꾸던 중이었으니까요. 그런데 남은 시간이 겨우 두 달이라니. 스물세 살밖에 되지 않았는데.
결정은 빨랐습니다. 치료를 거부하고 혼자 삶을 정리하기로 했죠. 가족이 모두 잠든 밤, 앤은 집 앞의 카페테리아를 찾아갑니다. 웨이트리스에게 펜과 종이를 빌려서 그녀는 죽기 전에 하고 싶고, 해야 하는 일들을 적어 내려갑니다. 그중에는 아이들에게 새엄마 찾아주기라든가 감옥에 있는 아버지 면회 가기처럼 가족에 관한 것도 있었지만 그녀 자신을 위한 항목도 몇 개 있었는데 너무 소박해서 눈물이 날 지경이었죠.

머리하기, 네일숍 가기.
열일곱부터 엄마로, 아내로 살아왔으니 남은 시간은 여자로 살고 싶었던 거예요. 그리고 '열렬한 사랑 해보기'도 항목 중에 하나였습니다.

며칠 뒤 앤이 지친 얼굴로 빨래방에 갔을 때입니다. 늦은 밤이었어요. 한 남자가 "커피 사러 갈 건데 한 잔 사다 드릴까요?"라고 물어왔습니다. 남자가 커피를 사서 돌아왔을 때 앤은 소파에 누워 잠이 든 상태였어요. 앤은 모르고 있었지만 남자는 그녀를 본 적이 있었습니다.
늦은 밤 카페테리아. 앤이 죽기 전에 하고 싶은 일을 적어 내려가고 있을 때, 남자는 조금 떨어진 테이블에서 혼자 책을 읽고 있었죠. 쓸쓸해 보이는 앤의 모습을 남자는 조용히 지켜보기만 했었는데 빨래방에서 다시 만나자 용기를 내서 말을 걸었던 거죠.
지쳐 잠든 앤의 얼굴을 남자는 조용히 들여다보았습니다. 한참을 그러고 앉아 있었는데 참 인상적인 장면이었어요. 앤은 꽤 오래 자고 일어났습니다. 눈을 떠보니 남자의 코트가 덮인 채였죠. 그렇게 앤의 인생 마지막 사랑이 시작되었어요. 두 사람이 햇빛 아래 마주 보며 춤추던 장면은 다시 생각해도 웃음이 납니다. 따뜻했어요.
남자의 이름은 리. 얼마 뒤 그는 앤을 집에 초대했습니다. 집은 보통 주인의 내면을 닮기 마련인데 리의 집은 텅 비어 있었어요. 앉을 의자 하나 없었죠. 연인이 떠난 자리를 그대로 비워둔 것이었습니다. 집에 있는 것은 책뿐이었어요. 리는 다정한 목소리로 앤을 위해 책을 읽어주었습니다. 리의 품 안에서 앤의 영혼은 휴식했죠. 두 사람은 소리 없이, 많은 질문 없이 모르는 척 서로의 상처를 보듬어주었습니다.
아름다웠지만 오래갈 수 없었어요.

헤어질 때 앤은 메모를 남겼습니다.
‘집을 좀 채우도록 해요.’
이제 마음 안에 누군가를 들여놓으라는 뜻이었죠. 아마도 리는 그렇게 했을 거라 믿습니다. 영원하기는커녕 오래가지도 못했으며 아픔을 주기도 했지만, 그래도 생애 한 번 앤을 만날 수 있었음을 참 다행이라고 여겼을 테니까요. 이별하게 되더라도 사랑하는 것의 가치를 배웠을 거라 믿습니다. 겁 많은 남자였지만 용기를 내길 잘했다고 여겼을 거예요. 앤은 스쳐가기엔 너무 아름다운 사람이었고, 아픔으로 기억하기엔 너무 따뜻한 사람이었으니까요.
같은 상처를 가진 사람만이 줄 수 있는 위로가 있어요. 보듬어주는 깊이가 다르고, 쓰다듬어주는 온기가 다르죠. 어떻게 안아주어야 하는지, 어디를 다독여주어야 하는지 이해하고 있으니까요.
어떤 사람을 만나고 이런 생각을 했던 적이 있습니다.

'이 사람을 만나고 이해하기 위해서 그동안 내가 아픔을 겪어온 것이로구나.'
그러니 사랑의 상처를 너무 두려워하지 않았으면 좋겠어요. 결정적인 사랑을 만났을 때 이해할 수 있는 폭이 넓어진다는 뜻이기도 하니까. 언젠가 상처에 대해서 고마워하는 날이 오기도 할 테니까, 두려움은 작게 접어서 상자 안에 넣어버리고, 사랑이 다가올 땐 사랑만 보면 좋겠어요.
지금은 부지런히 사랑만 하면 좋겠어요.

상실의 시간을 통해 우리가 얻는 선물

자다가 눈을 뜨니 그가 있었다.
눈이 마주치자 그가 웃었다.

남자의 차 안.
어느새 여자의 집 앞이었다.
시계를 보니 도착하고도 꽤 지났을 시간이다.

"다 왔으면 깨우지 않고.
고단할 텐데 어서 가서 쉬어.
데려다 줘서 고마워."

남자는 대답 없이 또 웃었다.

왜 자꾸 웃는 거냐고 묻자
남자는 말했다.

"네가 여기 있는 것이
신기하고 고마워서."

두 사람은 오래 헤어졌다가 다시 만난 참이었다.
재회하기까지 고민이 많았다.
그들을 힘들게 했던 것은 마음이기보다 현실이었다.
사랑만 할 때는 그래도 괜찮았는데
평생 함께하자 약속하는 일은 간단하지가 않았다.
복잡하고 어려워서 마음이 깨졌다.
현실은 하루아침에 달라지지 않았고
때문에 다시 만나는 데는
더 깊은 믿음과 더 단단한 각오가 필요했다.
그리고, 그들은 다시 만났다.

겨울의 끝,
남자가 보내온 메일 때문이었다.

남자는 이렇게 적었다.

'우리 함께였던 날들,
아프기도 했지만
행복한 순간도 많았는데
헤어지고 나니 계속 아프기만 해.
혹시 너도 나와 같다면 우리 같이 있자.
아파도 같이 아프자.
너의 아픔은 내가 위로해주고
나의 아픔은 네가 위로해주면서.
아픔은 조금씩 줄여가고
행복은 차곡차곡 키워가면서
우리 같이 노력해보면 안 될까?'

다른 사람으로 대치될 수 없는 존재가 있다.
헤어져 있는 동안 여자는 알았다.
그 사람이 빠져나간
가슴의 빈자리는 채워지지 않을 것이다.
그가 곁에 없다면
한쪽이 비어 있는 가슴으로
평생을 살아야 할지도 모른다.

상실의 시간은
두 사람에게 용기와 현명함을 선물해주었다.

그들은 이제 자기 안의 아픔을 보지 않는다.
대신 상대의 눈빛을 본다.
한 사람을 잃음으로써 모두를 잃어본 사람의 지혜로
이제 그들은 현실을 어렵게 생각하지 않는다.
대신 함께 현명하게
파도를 넘을 방법에 대해 생각하며
곤하게 잠들었던 상대가 눈을 뜨면 웃으며 말한다.

"네가 내 옆에 있다는 게
신기하고 참 고마워."

영화 〈신세계〉를 보면서 저는 '진짜와 가짜를 알아채는 눈이 소중한 것을 지켜내는 데 얼마나 중요한 역할을 하는가'에 대해 생각했습니다.

첫 장면. 중국에서 돌아온 정청이 차에 타자마자 마중을 나온 이자성에게 시계를 내밀며 말합니다.

"선물이다. 비싼 돈 주고 산 명품이야."

이자성은 보는 순간, 그것이 가짜임을 알아보았죠. 이어 마지막 장면. 대단한 폭풍이 쓸고 간 자리. 마지막 승자는 이자성이었습니다. 적군과 아군을 구별할 수 없는 혹독한 전쟁이었습니다. 자성이 마지막까지 살아남을 수 있었던 이유 중 하나. 저는 그 눈이라고 생각합니다. 진짜와 가짜를 알아보는 눈 말입니다. 눈을 믿고 자신을 믿고 적절한 때 행동을 했기 때문에 자성은 살아남았습니다.

사랑으로 인해 겪은 위기와 갈등 중 많은 부분이 진짜와 가짜를 구별하지 못하는 데서 옵니다. 내 감정이 진짜 사랑인지 그저 스쳐 지나가는 떨림인지 구별해야 하는데 못하는 거죠. 이 남자의 눈빛이 진심인지, 순간의 욕망에서 비롯된 것인지 알아야 하고, 이 사람이 진짜 내 사람인지 평생을 갈 건지 아닌지 구별해내는 눈이 있어야 해요. 스스로 판단하고 확신을 가지면 흔들림 없이 앞으로 나가게 됩니다. 상대를 헷갈리게 하지도 않고 불필요한 의문을 남기지 않으면서 앞으로 나갈 수 있어요.

문제는 그 확신이라는 것이 쉽게 오지 않더라는 겁니다. 〈신세계〉의 자성은 매 맞고 부러지고 소중한 사람을 잃어가면서 좋은 눈을 얻게 되었습니다. 우리 또한 마찬가지일 겁니다. 경험과 시행착오가 필요할 거예요. 예를 들면 귀한 사람을 잃었다가 다시 찾는 것처럼 말이에요. 고맙게도 헤어져 있는 시간을 통해 더 큰 확신을 갖게 되었네요. 이 순간의 소중한 감정을 기억해두세요. 좋은 기준이 되고 중심이 되어 두 사람을 지켜줄 테니까.

저는 이 말이 좋습니다.

'그들은 이제 자기 안의 아픔을 보지 않는다. 대신 상대의 눈빛을 본다.'

그 눈 안에서 어려운 날에도 다시 확신을 얻으면서, 서로를 믿고, 자기 자신을 믿으며 함께 있길.

잘 해나갈 거라 믿어요.

별을 보고 있으면

어둠을 두려워할 필요가 없잖아요.

별이 아름답구나, 그 생각부터 하게 되니까.

우리, 그렇게 사랑해요.

그 사람의 빈자리가 채워지지 않을 때

여자에게는 아주 작은 시골집 하나가 있었다.
할머니가 돌아가시면서 물려준 집이었다.
서울에서의 생활은 바쁘게 돌아갔다.
살고 있는 집조차 챙길 여유가 없었으므로
시골집은 오래 방치되어 있었다.

여자가 시골집을 찾아간 것은
거울을 보았기 때문이다.

아침에 출근을 하려고 거울을 보는데
그 안에 있는 여자가 낯설었다.
눈빛은 집중력을 잃었고
입술은 하얗게 일어나 있었으며
표정은 혼란스러웠다.
빈 집을 닮아 있었다.
주인을 잃은 빈 집.

살면서 여자는 종종 사랑을 했다.
그리고 잃었다.
아팠지만 아주 많이 아파하지는 않았다.
누구나 그렇게 살아간다.
만나고 헤어지고를 반복하면서.
살아 있는 사람에게
이별이란 어쩌면 당연한 일이다 여겼다.

마지막 연애를 끝낸 지 석 달이 되었다.
늘 그랬듯이 다시 사랑이 올 것이다,
그때까지 부지런히 일하며 살고 있으면 된다, 하고 생각했다.
인생의 중심을 일에 둔 채로 여자는 줄곧 살아왔다.
일은 자신이 하는 것이지만 사랑은 운명이 하는 것이므로
억지 노력으로 되지 않는다 생각했다.

정말로 열심히 일을 하고 있다 보면
어느 날, 사랑이 오고, 또 갔다.
이번에도 그럴 것이라 여겼는데

오늘 아침 여자는 거울 속에서
극복되지 않는 빈자리를 보았다.
석 달이 지났는데 여전히 비어 있었다.
점점 더 비어갔다.
채워지기는커녕.

여자는 자신과 대화를 할 필요가 있다고 느꼈다.
충동적인 행동은 잘 하지 않는 편이었지만
회사에 전화를 해서
하루 휴가를 내고 시골집으로 갔다.

별다른 것을 하지는 않았다.
누웠다가
일어났다가
서성거리다가
조금 졸기도 했을 뿐인데
저녁 때 보니 집이 달라져 있었다.
달라 보였다.

빛을 찾았다고 할까.
오며 가며 흐트러진 물건 몇 개 옮겨놓았을 뿐인데
집 안의 모든 것이 제자리를 찾은 느낌.

주인이 있다는 것만으로도 달랐다.
있어야 할 사람이 거기 있다는 것만으로도 빛이 났다.
고맙고도 기특하게 느껴져서
여자는 집주인 행세를 좀 했다.
여기저기를 걸레질해주고는
문을 닫고 나오는데 마음이 다정했다.

집을 나서며
여자는 마지막 그 사람에게 전화를 했다.
회복되지 않을 빈자리를 남긴 사람에게
간결하게 말했다.
진심을 전하는 데는 긴 설명이 필요 없는 법이다.

"내 옆에 있어주면 좋겠어.
아직 보낼 때가 아니었던 것 같아."

남자가 이유를 물을 거라 생각하여
대답을 준비해두었다.

'네가 없으니까 내가 못쓰게 되었어.'

하지만 남자는 다른 질문을 했다.

"지금 어디야?"

여자는 차의 시동을 걸며 대답했다.

"가는 중이야."

사람의 몸은 기어코 살아내려는 힘이 강해서 몸 안의 뼈가 부러지면 이내 저절로 다시 붙곤 하지만 손은 그렇지 않다고 해요. 재결합을 시키는 성분이 손끝까지는 와서 닿지 않아서 한 번 심하게 부러지면 두고두고 그 상처를 안고 살아가야 한다고 합니다. 이후로도 오랫동안 제대로 붙지 않은 뼈 때문에 울컥울컥 아파지는 거죠.
사랑은 다른 사랑으로 잊혀진다고 사람들은 말합니다. 하지만 어떤 사랑은 회복이 불가능한 빈자리를 남기죠. 그 사람이 떠나고 나면 평생 한쪽이 비어 있는 가슴으로 살아야 하는 거예요. 찬바람이 불면 '내 가슴 한쪽이 뚫려 있구나' 스스로 느낄 테고 아플 거예요. 선택할 수 있는 것은 둘 중 하나일 뿐입니다.

그 사람의 부재를 견디면서 평생을 빈 가슴으로 살든가, 용기를 내서 그 사람을 찾아가든가.
같이 하기엔 현실이 너무 팍팍해서 헤어졌는데 그래도 다시 만나야 하느냐고 묻는다면 이런 말을 하고 싶어요.
현실은 바뀝니다. 바꾸어나갈 수도 있고요. 하지만 마음을 채워주는 사람은 아니에요. 그 사람이 아니면 안 된다고 느낀다면 최선을 다해서 그 사람 옆에 있도록 해봐요. 평생을 상실감 속에서 살아가게 하는 것은 자기 자신에게 너무 무책임한 일 아닌가요? 정말이지 스스로에게 큰 잘못을 하는 거라 생각합니다. 옳은 일이 아니에요.
그러니 용기 내길 잘했어요. 정말 참 잘했어요. 사랑하는 사람들에게 가장 중요한 것은 '함께 있는 일'이 맞을 거예요. 정말 그래요.

아픈 기억이 있어 더 따듯하고
더 깊고 더 우직한

먼저 눈에 띈 것은 뒷모습이었다.

약속 장소로 들어가는데
바로 앞에 한 남자가 걸어가고 있었다.
오른쪽이 올라간 어깨가 그리운 그 사람과 닮아 있어
자석에 끌리듯 그 뒷모습을 따라 걸었다.

여자의 직업은 인터뷰어.
잡지사가 정해주는 사람을 만나
이야기를 나누고 글을 썼다.

오늘 여자가 만나야 할 인터뷰이는
주목 받는 젊은 목수였다.
나무를 다루는 사람답게 투박하지만 정직한 손을 갖고 있었다.
목소리마저도 낮고 우직했다.
못을 쓰지 않는 전통의 방식을 살려 작업을 하고 있다고 했다.
강도가 비슷한 것끼리 만나야 오래간다고 했다.
나무와 쇠가 부딪치면 보이지는 않아도
나무에 무리가 간다고 했다.
결이 어긋나 망가지게 되는 것이다.
작업 철학에 관해 물었을 때 남자는 말했다.

"핵심은 나무의 결을 존중하는 것입니다."

여자는 그 말이 마음에 들어 잘 적어두었다가
기사의 첫 줄에 적었다.
그의 성정이 그대로 드러나도록 정성을 다해 글을 썼다.
원고를 전송하고 나니 궁금해졌다.

대체 왜 특별한 끌림을 느낀 것일까.
목수로서의 이 남자에게 끌린 것일까.
아니면 그리운 사람에 대한 미련을 남자에게 이입했던 것일까.
그런 생각이 며칠이나 계속되었다.

어느 날 여자의 전화가 울렸다.
젊은 목수였다.
써준 글 잘 읽었다며 차를 한잔 사고 싶다고 했다.

만나기로 한 곳은 그가 작업을 했다는 카페.
나무들이 공간을 다정하게 안아주고 있었다.
그의 말대로 나무 어디에서도 못의 흔적을 찾아볼 수 없었다.
이번엔 남자의 뒷모습을 보지 못했다.
보지 않았다.
추억의 영향을 받지 않은 채 그를 그 자체로 보고 싶었다.

함께 차를 마시고 저녁을 먹고 술도 한잔하다가
여자는 당신이 내 지나간 사랑과 뒷모습이 꽤 닮았다,
그건 좀 아픈 기억이었다, 하고 털어놓았다.

남자는 웃으며 말했다.

"내가 가장 잘하는 것이 있는데
헌 목재를 살려서 새로운 집을 만드는 것이에요.
박힌 못을 빼고, 상처가 난 부분을 다듬어서 집을 만들면
공간에서 역사와 온기가 느껴져요.
그 온기는 지나간 시간이 남긴 것이죠.
버릴 필요가 없어요.
소중히 다뤄서 좋은 오늘이 되게 하면 돼요."

이후 두 사람은 자주 만났고
오늘 어느 나무 아래서 처음 손을 잡았는데
순간 여자는 두 개의 마음이
단단하게 하나가 되는 느낌을 받았다.
그것은 남자가 만든 작품들과 닮아 있었다.

못을 써서 억지로 붙여 놓은 것이 아니라
시간을 들여서 두 개의 나무를 서로 잘 맞게 끼워 넣은 작품처럼
마음에 박힌 못이 빠지고 상처는 예쁘게 다듬어지는
우직한 사랑이 되기를.

남자 곁에서 여자는 소리 없이 웃으며
소망했다.

두 사람의 이야기를 들으면서 영화 〈시작은 키스!〉가 생각났어요. 오드리 토투가 주인공 나탈리 역을 맡았는데 무척 사랑스러웠어요.
나탈리는 남편 프랑소아와 예쁜 신혼을 즐기고 있었는데 그가 교통사고로 한순간 세상을 떠나고 말았어요. 그녀는 깊이 상처받았고 마음을 닫아버렸죠. 감정이라고는 없는 사람처럼 미친 듯이 일에 매달렸는데 부하 직원으로 엉성한 남자 하나가 새로 들어왔어요. 마르퀴스. 볼품 없는 외모, 센스 없는 옷차림, 언제나 어리벙벙한 표정, 무뚝뚝한 성격. 여자의 관심을 끌 구석이라고는 전혀 없는 남자였는데 엉뚱한 이유로 나탈리가 그에게 무작정 키스를 해버렸어요.
마음이 얽힌 것은 키스 다음이었습니다. 멋진 남자는 아니었지만 마르퀴스 옆에 있으면 나탈리는 편안했어요. 안심이 됐죠. '나를 두고 훌쩍 어디로 가버리지 않을 것 같다'는 느낌, 남녀 관계에 있어 소중하죠. 나탈리처럼 하루아침에 연인을 잃은 사람에게는 더더욱.
닫혔던 마음이 마침내 열린 다음, 나탈리는 마르퀴스를 데리고 어릴 적 살던 시골집을 찾아가요. 정원에서 숨바꼭질을 하는 장면에서 영화는 끝이 납니다. 정원의 구석구석을 걸으면서 마르퀴스는 나탈리의 과거를 상상해요. 그의 눈에는 보이는 것 같았습니다.
까르르 웃으며 뛰어다니는 꼬마 나탈리.
혼자 괜히 진지했던 사춘기 시절의 나탈리.
프랑소아를 만나 사랑을 나누던 나탈리.
그를 잃고 무엇으로도 위로 받지 못하고 혼자 우는 나탈리.
어느 나무 아래 몸을 웅크리고 마르퀴스는 독백합니다.

"내가 숨어야 할 곳은 여기다. 그녀의 외로움과 슬픔이 있었던 자리."
슬픔 위에 서서 그는 나탈리를 이해하려 노력했습니다.
상대의 슬픔을 이해하면 더 깊이 안아줄 수밖에 없게 됩니다. 웃게 해주고 싶게 되고요. 이따금 슬픔이 찾아오면 저는 생각합니다. 경험해본 사람이 더 깊이 이해할 수 있으니 내 사랑의 막막함과 고독, 아픔까지 안아주라고 이 슬픔이 나에게 왔나보다, 하고요.
아픈 기억에 걸려 넘어지지 않고, 아픈 기억이 있어 더 따뜻하고 속 깊게 잘할 수 있을 거라고 믿어요. 꼭 우직한 사랑 되기를.

먼저 읽은 사람들의
못 다한 이야기

사랑은 이미 우리 안에 있다

사랑은 이미 우리 안에 있다. 멀고도 대단한 것이 아닌 우리 그 자체가 사랑이라는 거. 우리가 보고 느끼는 모든 감정과 순간의 이야기는 사랑을 위해 존재하지 않을까. 가까이 있어줘서 고맙다. 지나쳤을 기억을 사랑이라 말해주어 따뜻한 용기를 얻었다. 지울 수 없는 아픔과 상처까지도 품어주는 위로의 글 덕분에 비로소 지난 내 사랑을 용서하기로 결심한다. 오늘도 난 사랑과 함께 숨 쉬고 있기에.

_**장윤주** 모델 · 싱어송라이터 · 방송인

이 책은 정말이거나
정말 정말일지도 모르겠다

내가 떠올리는 그녀는 일주일에 한 번은 반드시 혼자 영화를 보고, 영화관과 함께 있는 커피집에서 혼자 생각하는 것을 즐기고, 영화 말고는 여행을 좋아하며 유독 남들보다 꿈을 많이 꾸는 것 같다. 그리고 부츠를 너무도 좋아해서 여름에도 부츠를 신으며 다른 계절은 말할 것도 없어서 하루는 내가 가지고 있는 모든 부츠를 선물했지만 그걸 신지는 않는다. 조용한 그녀이지만 가끔씩 우리에게 영화 이야기라든지 간밤에 꾸었던 꿈 이야기를 신나게 해주기도 했는데 나는 그 이야기가 꿈 이야기였는지 영화 이야기였는지 누구의 이야기였는지는 기억해내기 힘들다. 어쨌거나 그녀는 정말이거나, 정말일지도 모르는 이야기를 가끔 선물해주었다.

평범한 시간 같은 공간에서 이루어지는 세상에 없는 시간. 사랑이란 아마도 신이 사람에게 걸어놓은 슬프거나 아름다운 단 하나의 매직. 이 책은 정말이거나 정말 정말일지도 모르겠다.

_**최강희** 배우

모든 사람이 설렘으로 가득 찬
소년과 소녀가 된다

한동안 웃지 못하는 병에 걸렸었다. 그때 나는 내가 세상에서 가장 고독한 사람이라 생각했었다. 그때쯤 선배에게서 연락이 왔다. 나는 선배를 잡고 하소연을 했다.

"선배, 세상은 제게 너무 세요. 어떻게 해야 할지 모르겠어요."

그건 간절함에서 나온 말이었다.

선배는 말했다.

"나중에 더 재미있어지려고 지금 아픈가 보다. 조금만 참자."

전화를 끊고 나는 책상 앞에 앉아 소리없이 울었다. 그 울음은 선배의 위로로부터 온 안심의 눈물이었다.

내가 아는 정현주 선배는 사람을 위로할 줄 아는 사람이다. 선배가 쓴 글 또한 사람을 위로하고 슬그머니 미소 짓게 만든다. 더불어 선배의 문장 안에서는 모든 사람이 설렘으로 가득 찬 소년과 소녀가 된다. 나는 그게 좋다.

난 당신들보다 먼저 그녀의 글을 보았다. 그것은 행운이었고 영광이었다. 만약 당신도 세상이 나처럼 세게 느껴진다면 그녀의 글을 통해 위로를 받기 바란다.

_**김동영** 여행작가

사랑에 말을 걸어온
영화, 책 그리고 노래

그, 책

무탄트 메시지 _ 말로 모건

새벽 세시, 바람이 부나요? _ 다니엘 글라타우어

서재 결혼 시키기 _ 앤 패디먼

스밀라의 눈에 대한 감각 _ 페터 회

일곱번째 파도 _ 다니엘 글라타우어

좋은 이별 _ 김형경

철학자와 늑대 _ 마크 롤랜즈

그, 영화

글루미 선데이 Gloomy Sunday _ 롤프 슈벨 (1999)

나 없는 내 인생 My Life Without Me _ 이자벨 코이셋 (2003)

달팽이의 별 _ 이승준 (2012)

라 비 앙 로즈 La Mome _ 올리비에 다한 (2007)

러스트 앤 본 De rouille et d'os _ 자크 오디아르 (2012)

러브 액츄얼리 Love Actually _ 리처드 커티스 (2003)

비포 미드나잇 Before Midnight _ 리처드 링클레이터 (2013)

미드나잇 인 파리 Midnight In Paris _ 우디 앨런 (2011)

미투 Me Too _ 안토니오 나아로, 알바로 파스토르 (2009)

봄날은 간다 _ 허진호 (2001)

블루 발렌타인 Blue Valentine _ 데릭 시엔프랜스 (2010)

비포 선라이즈 Before Sunrise _ 리처드 링클레이터 (1995)

사랑할 때 버려야 할 아까운 것들 Something's Gotta Give _ 낸시 마이어스 (2004)

셰임 Shame _ 스티브 맥퀸 (2011)

시작은 키스! La delicatesse _ 다비드 포앙키노스, 스테판 포앙키노스 (2011)

신세계 _ 박훈정 (2012)

실버라이닝 플레이북 Silver Linings Playbook _ 데이빗 O. 러셀 (2012)

아는 여자 _ 장진 (2004)

아무르 Amour _ 미카엘 하네케 (2012)

아이 엠 러브 Io sono l'amore _ 루카 구아다그니노 (2009)

엘 시크레토-비밀의 눈동자 El Secreto De Sus Ojos _ 후안 호세 캄파넬라 (2009)

온리 유 Only You _ 노만 주이슨 (1994)

우리는 동물원을 샀다 We Bought a Zoo _ 카메론 크로우 (2011)

우리도 사랑일까 Take This Waltz _ 사라 폴리 (2012)

원 위크 One Week _ 마이클 맥고완 (2008)

웰컴 Welcome _ 필립 리오레 (2009)

이보다 더 좋을 순 없다 As Good As It Gets _ 제임스 L. 브룩스 (1994)

이토록 뜨거운 순간 The Hottest State _ 에단 호크 (2007)

인셉션 Inception _ 크리스토퍼 놀란 (2010)

카페 드 플로르 Cafe de flore _ 장 마크 발레 (2011)

콰르텟 Quartet _ 더스틴 호프먼 (2013)

타이페이 카페 스토리 Taipei Exchanges _ 야췐 샤오 (2010)

피스트 오브 러브 Feast Of Love _ 로버트 벤튼 (2010)

플레전트 빌 Pleasantville _ 게리 로스 (1998)

해피 해피 브레드 しあわせのパン _ 미시마 유키코 (2012)

LA 이야기 L.A. Story _ 믹 잭슨 (1991)

그, 노래

내가 말한 적 없나요 _ 이적

Love is you _ 크리셋 미셜

Let's do it _ 코널 폭스

언젠가 너로 인해 _ 가을방학

Both Sides Now _ 조니 미첼

그래도, 사랑

초판 1쇄 2013년 9월 23일
개정판 2쇄 2023년 11월 28일

지은이 정현주

발행인 박장희
부문대표 정철근
제작총괄 이정아
편집장 조한별

디자인 다정한
일러스트 조에스더

발행처 중앙일보에스(주)
주소 (03909) 서울시 마포구 상암산로 48-6
등록 2008년 1월 25일 제2014-000178호
문의 jbooks@joongang.co.kr
홈페이지 jbooks.joins.com
네이버 포스트 post.naver.com/joongangbooks
인스타그램 @j__books

ISBN 978-89-278-1158-9 (03810)